16	3	2	13
5	10	11	8
9	6	7	12
4	15	14	1

BEATRIZ BRACHER

MEU AMOR

editora■34

EDITORA 34

Editora 34 Ltda.
Rua Hungria, 592 Jardim Europa CEP 01455-000
São Paulo - SP Brasil Tel/Fax (11) 3816-6777 www.editora34.com.br

Copyright © Editora 34 Ltda., 2009
Meu amor © Beatriz Bracher, 2009

A FOTOCÓPIA DE QUALQUER FOLHA DESTE LIVRO É ILEGAL E CONFIGURA UMA
APROPRIAÇÃO INDEVIDA DOS DIREITOS INTELECTUAIS E PATRIMONIAIS DO AUTOR.

Imagem da capa:
Paulo Monteiro, Sem título, 1998, guache s/ papel, 53 x 36,5 cm
(reprodução de Isabella Matheus)

Capa, projeto gráfico e editoração eletrônica:
Bracher & Malta Produção Gráfica

Revisão:
Alberto Martins
Fabrício Corsaletti
Sérgio Molina

1ª Edição - 2009 (1ª Reimpressão - 2010)

CIP - Brasil. Catalogação-na-Fonte
(Sindicato Nacional dos Editores de Livros, RJ, Brasil)

Bracher, Beatriz, 1961
B788m   Meu amor / Beatriz Bracher — São Paulo:
Ed. 34, 2009.
144 p.

ISBN 978-85-7326-416-6

1. Ficção brasileira. I. Título.

CDD - 869.93

MEU AMOR

1
Ele gostava de Maria 11

2
Banana-split 15
Ficamos por aqui, para dizer a verdade. 21
Sonho com Ceóla 33
Manhã 35

3
Raza 41
Davi 43
João 47
Ficção 51

4
Duas fotografias sobre o Natural 55
Coruja 57

5
Chove e o dinheiro do marido 73
Lola e Nina 81
Um pouco feliz, de noite 85

6
Zezé Sussuarana 93
Comida em Parati 105
Cloc, clac (crianças, a cidade e a sala) 111
Cloc, clac (o velho, o bebê, você, ela e eu) 125

7
My love 135

Nota da autora 139

para Sonia Maria Sawaya Botelho Bracher

1

ELE GOSTAVA DE MARIA

Maria aprontava. Bebia, dava escândalo, esbravejava, seguia outro rumo e não ligava para avisar onde estava.

Maria esquecia de buscar o filho na escola, não chegava em casa para o jantar, não estava na casa da mãe, não estava na casa de amigos, e não ligava para avisar onde estava.

Maria tentava se matar, uma, duas, muitas vezes. E não ligava para avisar onde estava.

Cada vez que ela não ligava, ele entrava em pânico. Todos procuravam, e Maria voltava.

Ele gostava de Maria porque ela voltava e porque ela não pedia desculpas.

2

BANANA-SPLIT

para Gisela Moreau

Um minuto antes
pode ser bom.
A vida um segundo antes do fim.

Você dentro, quase fora, na borda, dentro, dentro de mim
um minuto antes, um minuto antes.

Meus dentes furam seu pescoço, você contrai os caninos em
meu peito. Meu peito e seu pescoço sangram um pouco, a
gente engole o sangue, diminui o ritmo, devagar, mais tempo dentro, um pouco quase fora, mais devagar, roçando o
caminho e as bordas. E então tudo se apressa. Os ossos do
seu quadril contra os ossos do meu quadril. Você entra e
entra e entra mais e goza dentro de mim. Não ofega, não
geme nem ri, você dorme.

Um segundo antes.

Na sala de espera ensolarada do hospital eu penso que gostaria de resistir com força e berros se me forçassem ao desastre, se me empurrassem para um cubículo fechado de
prisão, como fizeram com o Louco do Cati, com os oposi-

cionistas, com você e tantos outros. Gosto de pensar que resistiria, colocaria o pé no batente da porta, com a mão agarrava o colarinho da farda do guarda. Daria uma cambalhota no ar, por cima da cabeça do guarda, e com velocidade espantosa conseguiria fugir por entre os guardas. Gosto da palavra guarda. Dois guardas de farda azul (guardas da segurança interna) me seguram com força, cada guarda aperta um braço meu e me levantam no ar. (Nesse momento, não sei se desde o começo, quando coloco o pé no batente da porta e suspendo-me no ar, apoiando-me nas fardas que agarro com força, penso que eu sou homem, talvez. Se fosse mulher e dois homens segurassem firme nos meus braços e me elevassem no ar, quase certamente eu ficaria com tesão por aqueles dois guardas de farda azul. Penso então que eu era homem.) Eu, homem, dou uma pirueta e corro, minhas pernas são fortes e meu fôlego absurdo.

Na sala de espera ensolarada do hospital, com um vasinho pequeno de violetas no colo (espero que tenha um lugar na UTI onde ele possa ficar; é pequeno e as flores não têm cheiro), aqui na poltrona e de olhos baixos, eu penso nos guardas me levando. Vejo os pés e as canelas peludas de um homem grande, de bermudas e sandálias, caminhando sobre o linóleo azul-claro do saguão. Olho para o seu rosto que não me olha, segue em direção aos elevadores, suas mãos pendem pesadas ao lado dos quadris. São grandes e fortes, gordas também. Entendo que não sairei correndo, o fim é outro.

Eu, mulher, com as pernas no ar acerto um chute fraco em um dos guardas, a posição não me permite o apoio necessário. Ele me dá um soco, eu desacordo, volto a mim dentro do escuro, o cubículo da prisão é úmido e cheira mal, volto com gosto de sangue e sentindo com a língua cacos de dentes e suas sobras pontiagudas ainda presas na gengiva.

Um minuto.

A enfermeira me chama, posso entrar. Lavo as mãos e cubro os pés na antessala da UTI. Coloco o pequeno vaso de violetas sobre a mesinha de fórmica não muito perto da cama, em um lugar onde ela possa enxergá-lo. Da barriga de Vera sai uma sonda que a liga a um saco plástico cheio de líquido rosado. Ela está mole, me reconhece, abaixa o lençol, levanta um pouco a túnica branca com o símbolo do hospital e me mostra a cicatriz na barriga, do lado direito. Conversamos um pouco, às vezes ela fecha os olhos, está dopada, entendo que gosta da minha visita e de ouvir o som da minha voz, continuo a falar sabendo que o assunto não lhe interessa, só a voz. Ela abre os olhos e me pergunta sobre algo que já falei, falo de novo. Se ela se mexe ou ri, dói, ela fica quieta e faz sinal para que eu me cale, ajeita-se devagar, muito lentamente até a dor diminuir. Ela volta a falar bem baixo, coisas pequenas e sem sentido só para provocar a minha voz e ser embalada por sua companhia. O rosto dela está amarrotado, o braço roxo de picadas, tenho pena da minha amiga. O risco já se foi, ela está quase bem e vai viver, eu sei, mas nesse momento está inteira dolorida, a dor impede tudo, mesmo estando tão dopada que nem consegue entender o que digo, mesmo assim dá para ver o quanto dói. Eu nunca fiquei tão mal, nunca corri nenhum risco de vida, por isso, talvez, penso em soco, sangue, desastre. Por isso, talvez, na sala de espera da UTI, consegui pensar em você dentro de mim, rir e sentir prazer. A enfermeira avisa que acabou o horário de visita, tenho que sair, ela diz que preciso levar o vasinho comigo. Vera fecha os olhos.

Anos depois.

Não sei o que fazer com o vasinho. Entro na lanchonete perto do hospital e tomo um milk-shake de chocolate, coisa que não fazia há anos e anos. Tomava com Vera quando tínhamos catorze anos, milk-shake de chocolate e um banana-split para cada uma. Agora o milk-shake me deixa completamente abarrotada, o banana-split derrete. Não me envergonho do desperdício nem tento disfarçar comendo um bocadinho da banana. Rio da minha incapacidade, da minha homenagem estúpida à nossa amizade, aos nossos catorze anos. Estúpida e engraçada, estúpida como ter catorze anos pode ser estúpido. O que fazer com o vasinho de flores?

Quando chegar em casa vou tentar te contar do meu prazer na sala de espera, da minha pena com o rosto dolorido de Vera, desta homenagem; nem sei se vou tentar. O meu tom será entrecortado, sem saber como falar e já me arrependendo de ter começado, você se desinteressará e eu ficarei ofendida. Uma estupidez a doença, a homenagem, nossos catorze anos. Como te dizer?

Não quero contar isso para ninguém, nem voltar para casa e te encontrar eu quero. Queria rir com Vera, rir desbragadamente, entende?, desbragadamente. Rir à beça, morrer de rir, rir às bandeiras despregadas, gargalhar, ter um acesso de riso e quase fazer xixi nas calças, ter que ir pulando com as pernas cruzadas para o banheiro para não me molhar inteira. A gente fazia isso no quarto, por qualquer besteira a gente caía na gargalhada, às vezes na frente dos outros, até na lanchonete, espirrando milk-shake de chocolate por causa da incontinência do riso e a gente ria ainda mais porque tinha espirrado milk-shake de chocolate e porque as pessoas em volta olhavam assustadas, rir de doer a barriga e tentar com todas as forças não olhar para a outra para conseguir parar de rir, respirar fundo, concentrarse e, a um risinho da outra, pronto, começar tudo de novo. Isso é o que eu queria agora, sorrio remexendo o canudinho entupido com calda de chocolate no fundo do copo de milk-shake, sorrio ao lembrar dos nossos ataques de riso.

Meus dentes no seu pescoço. Depois do fim.

Quando Vera sair do hospital, vamos juntas a uma lanchonete e vamos fazer tudo de novo. Fazer isso já velha será ainda mais engraçado. Provavelmente a gente não faça nada e demore muito tempo até Vera poder rir alto de novo. Depois da doença e da operação, talvez nunca mais ela possa tomar milk-shake, receber de uma vez essa quantidade astronômica de açúcar e gordura saturada.

Sou uma pessoa feliz, eu sei, e Vera também, porque rimos desbragadamente quando tínhamos catorze anos. O vasinho de violetas fica no balcão da lanchonete ao lado do banana-split derretido e intacto.

FICAMOS POR AQUI,
PARA DIZER A VERDADE.

para Luis Claudio Figueiredo

Um entrou na casa do outro. Ele era ele e ela era ela; isso, evidentemente, fez diferença no tipo de bagunça que cada um fez e sofreu. Serem homem e mulher transformou as palavras em vento carregado de miúdos grãos de areia. Um vento suave e constante esculpiu a areia que levava consigo. A areia sedimentou-se e esculpiu-se com o atrito inaudível dos pequenos grãos. Pequenos grãos com alguma umidade, areia de praia, não de dunas, areia que consegue parar em volumes diferentes dela mesma, areia. Volumes foram esculpidos, o vento granuloso criado pelas palavras dele e dela formaram inusitados ele e ela. Como daí se fez vapor e tormenta, nenhum deles soube precisar com juízo claro.

Ele estava no escritório da sua casa, dele, ela entrou e perguntou o seu endereço. Precisava do endereço para mandar um convite. Ele deu o endereço, não achou ruim a vinda dela, nem boa, deu o seu endereço, ela foi embora. Houve uma pequena falha, um número do código postal errado, e ele a procurou para corrigir o erro e comentou que talvez não pudesse aceitar o convite dela, que não poderia ir, tinha marcado uma outra coisa para aquele dia, ele e a mulher já tinham outro compromisso. Talvez, quem sabe, desse para ir nos dois programas. Já que estava lá, ele aproveitou para dizer que fora inusitado ela entrar na casa dele e perguntar o endereço da casa dele.

Ela entrou no escritório dele, que fica depois da sala de estar e antes dos quartos, ele estava trabalhando, concentrado, e ela entrou no meio da sua concentração. Era só para perguntar o endereço. No final dos treze dias, ele pensou que desde a primeira linha ela tinha dito mais do que: por favor, preciso do seu endereço, tenho um convite a fazer. Não fora só isso, nem isso fora, quem sabe, na verdade, ela tinha dito: tem uma coisa que eu não posso te contar.

Nas duas semanas seguintes houve isso entre eles, uma coisa que não podia ser contada. No início não havia como prever o vendaval e nenhum deles sabia que havia algo a se esconder que eles já estavam escondendo.

Ele estava na casa dele, um apartamento com porteiro, elevador e portas. O interfone não tocou, o telefone também não, nenhum som antecedeu sua chegada, dela. Ela chegou sem som, nenhum aviso, e, para dizer a verdade, ele não estava trabalhando, estava sentado, com o livro aberto e o computador ligado, distraído. Ele não viu o rosto dela, nem o corpo nem nada, disse o seu endereço, e foi isso. Ela foi embora, ele sentiu o pequeno vento da sua saída, notou que a sombra perto da porta não estava mais lá, o volume do corpo dela já não estava perto da porta. Era estranho não ter levantado o rosto para olhar, mais estranho sentir agora um pouco de vazio no apartamento e saber exatamente onde ela ficara enquanto perguntava o seu endereço. A sensação do vento e da ausência foi de fato pouco, quase nada, nem valeria a pena contar, se o resto não tivesse acontecido. Contando parece algo de que ele tivesse se apercebido, e isso, como tudo o mais que virá, é por causa das palavras. Quando não temos corpo, tudo tem que ser dito com palavras organizadas em frases com vírgulas e pontos, palavras em sequências completas, e desse modo se perde a pré-existência dos sentimentos que na vida não chegam a se formar em palavras. Quase nem um arrepio, talvez.

Ela trabalhava no seu escritório. Nos últimos dias não ficava muito no seu escritório porque saía à cata dos endereços. Depois voltava e digitava o nome e o endereço das pessoas em uma lista organizada em ordem alfabética, colocava na coluna ao lado do nome o endereço da casa, o endereço eletrônico e uma classificação: amigo, conhecido ou família. Ela já não conseguia fazer outra coisa, lista de convidados era só o que fazia, às vezes ia duas vezes à mesma casa, precisava saber se as pessoas ainda estavam casadas e vivas, se o nome se escrevia exatamente daquela maneira, se os filhos ainda moravam por lá. Ela não conseguia simplesmente escrever os nomes, endereços e ir descansar, ir ao cinema e passear.

Depois de entrar nas casas, perguntar o endereço e sair, sem olhar o rosto ou o corpo dos amigos, familiares e conhecidos, enquanto anotava em um caderninho de capa vermelha o endereço e as outras informações, já na rua, caminhando para a próxima casa, ela pensava na voz que tinha ouvido e lembrava-se de coisas do seu passado que a voz daquela pessoa trazia. Por exemplo, um primo que não via há muitos anos, um menino querido com quem ela brincara depois do almoço às onze e antes da escola à uma. A lembrança trazida por aquela voz não se misturava bem com a expectativa da sua festa de cinquenta anos, com o homem e a mulher de cinquenta anos que agora eles eram. Ela não parava de escrever, não escrevia mais lentamente enquanto esse sentimento passava por ela, na verdade, não havia a nostalgia que as palavras aqui fazem crer, era só uma coceira no final do céu da boca.

Ele não precisava dos restos de primos para voltar à casa da sua infância cheia de ruídos e cheiros antigos. Ele estava lá, ele ficava lá vezes sem conta. É um modo de dizer, na verdade, ele falou para ela, na verdade a casa há muito não existia. Quase com certeza ele não usaria essa expressão se ela estivesse vendo o rosto dele, é provável que não, a verdade é que esse assunto nem seria tocado, a infância não existiria na conversa deles, se eles estivessem, como se diz, olho no olho, vendo os trejeitos da boca, um rubor na face, virar de olhos, ajeitar-se na poltrona e a possibilidade de um toque de telefone interromper a conversa, não, certamente essa conversa não teria existido se eles vissem um ao outro.

Em frases organizadas e sem corpo ele falou, explicando que era uma mentira necessária dizer que ele literalmente restava em uma casa que já não existia. Não exatamente uma mentira poética, se bem que um pouco sim, com certeza. Mais uma mentira filosófica. Porque também para contar da casa em que ele conseguia estar, também naquele ~~memento~~ momento da conversa deles e nos momentos solitários, dele, no seu escritório, eram as palavras os únicos instrumentos para carregar o que ele sabia existir. Ele não poderia compartilhar a casa da infância, quase nem com ele mesmo, se não achasse as palavras. Ele não enxergava a casa da infância nem sentia o cheiro, estava lá e lá podia ficar o tempo que fosse. Porém, quando tentava pegar o lugar e o seu tempo, apreendê-los em palavras ou orações sensíveis, tudo fugia. Quando muito, resultava comum, igual às descrições dos sentimentos de infância de outros antes dele.

Esse ir e vir, não conseguir e voltar, pensar sobre isso, era parte do seu trabalho. Revisar as lembranças alheias, cheirá-las e descobrir lá trechos da vida dele, já ditos e vividos, iguais, é certo, era também o seu trabalho. Se a ~~redun~~

~~dância~~ similaridade das memórias o desesperava, por outro lado o interessava profundamente porque sabia que as palavras dos outros, as já ditas, eram também o que lhe permitia acercar-se desse tempo e lugar apenas seu e ainda indizível. Pois as palavras dos antigos é que haviam delimitado um tempo e o nomeado infância. Sobrava de seu a luz rosa na pedra ao lado da cerca do pasto das mangueiras, isso, talvez, pensava ele em silêncio, talvez isso esperasse por ele, talvez a temperatura da luz rosa sobre a pedra, somente ele pudesse trazer. A verdade é que o que lhe permitia ficar lá era a ausência de vozes, inclusive a ~~minha~~ dele mesmo.

Quando ela entrou na casa dele e perguntou o seu endereço, agradeceu a resposta precisa e rápida. Era da categoria amigos ou conhecidos? Um conhecido de quem ela gostava, dele e da mulher dele, mas de quem não calhara ser amiga. Nunca tinham se visitado e não conheciam os filhos um do outro; após uma breve hesitação, escreveu *conhecido* ao lado do nome dele.

Ela estava em seu escritório com sua lista. Amigos e familiares sabem que não devem ~~vir~~ ir ao escritório dela em seu horário de trabalho. Ele, que não era amigo nem familiar, que podia ainda pisar leve e sem memória em sua casa, ele entrou para corrigir o número do código postal e falar mais alguma coisa. Se fosse só corrigir o número, sim, fazia parte da atividade atual dela, ela agradecia, mas as outras coisas a divertiram, gostava dele, apesar de não conhecê-lo quase nada. Ela gostou de uma pausa em sua obsessão. E só depois se deu conta de que nesse encontro, já aí, ele não dizia nada disso, dizia: tem uma coisa que eu não posso te contar. Ela não ouviu isso, naquele momento, só depois, e mesmo que tivesse ouvido, naquele momento ela não se importaria, há no mundo tantas coisas que não podem ser contadas. Ela começou a se importar com ele, com a atenção dele para com ela, de vir até o escritório dela e puxar um outro assunto que não tinha mais a ver com a festa. Tinha a ver com uma coisa que não seria dita.

Nos dias seguintes eles continuaram a conversar, um nunca via o outro, como eram só conhecidos, não se lembravam direito do corpo e do rosto um do outro. Pequenos detalhes sim, a cor da pele e do cabelo, talvez a postura e o peso, não muito mais que isso. Não compartilhavam lembranças de viagens, finais de semana, nascimento dos filhos, coisas assim, só uma ou outra vez na casa de um amigo comum, não mais que isso, não sabiam, por exemplo, o tipo de comida que cada um gostava, coisas que amigos sabem, como os assuntos delicados que devem ser evitados. Não, não sabiam quase nada. A conversa fluiu e se tornou importante. Cada um deles gostava de falar muito se pudesse falar sem olhar nos olhos do outro, se pudesse falar na hora que quisesse, um de manhã, outro de noite. Era o que acontecia.

(Falo aqui de voz, som e porta das casas, na verdade, tudo se passou em mensagens eletrônicas. Voz e portas são quase metáforas, se não fossem mentiras. Justifico-me:

Primeiro: nem tudo será contado, isso é sabido, o assunto é delicado e nem mesmo eles poderiam contar tudo, principalmente eles. Para dizer a verdade, eles não contariam nada, guardam a conversa terminada longe da memória, protegem-na com cuidado para que ela não perca o peso. Eu que me dispus a contar. Quem sabe vontade de ser um pouco eles.

Segundo: eu falo voz e porta, casa, encontro, porque essa foi a sensação dos dois, que uma visita chegou e deixou uma marca física na sala em que cada um deles trabalhava, na sala do computador. A marca, desde o começo, não se restringiu à tela do computador, é isso que quero que vocês entendam quando falo de voz e porta.

E terceiro: é mentira porque se eu falasse a verdade, eu não poderia contar.)

Eles falavam de arte, da diferença entre os gêneros, da diferença entre a pessoa e o artista, entre prosa e poesia, entre ensaio e ficção. Falaram sobre o trabalho de cada um. Um ouviu o outro com cuidado, um ficou interessado pelo trabalho do outro com sinceridade e alegria. Ele e ela ficaram comovidos com a atenção e a inteligência pessoal e prolongada do outro pelo seu trabalho, com a minúcia com que ele e ela ouviam as suas palavras, exatamente aquelas palavras.

A conversa começou sobre as diferenças de gêneros e de lugar na produção, interpretação e apreciação de uma obra de arte, sobre a experiência da arte, e logo foi para a insuficiência das palavras diante das coisas, do sofrimento e da magnitude dessa insuficiência, da alegria de fazer parte dela. E o entusiasmo tomou conta dos dois.

Isso foi estranho, porque esse estado de tremor e maravilhamento existe no processo de criação e também no de fruição de uma obra de arte. E não em uma conversa sobre arte.

Sim. Às vezes acontece esperar o momento de voltar ao livro interrompido, o insuportável dia inteiro entre uma página e outra arrasta-se lesmento, porque existem livros e momentos em que o livro faz os dedos que viram suas páginas palpitarem, faz o coração dar coices e a garganta apertar marejando nossos olhos, que vão e voltam, os olhos vão e voltam e não conseguem soltar-se de uma frase, uma pequena frase, ou verso, a boca fica até um pouco aberta, fechamos a boca para engolir a saliva e começamos de novo a andar, a prosseguir na leitura e na vida que se interrompeu naquela pequena frase, e por isso pode-se dizer que o livro nos movimenta mais do que a vida, em alguns momentos da vida.

Também acontece de o tempo parar quando estamos diante de um quadro que comove a ponto de cessar a respiração, que faz nossas pernas ficarem pesadas, a barriga roncar de fome, ter vontade de tocar e até lamber o quadro, de ficar nu na frente dele em sinal de humildade e respeito àquela origem, outra vezes, ainda, a vontade singela de tirar o casaco e com ele cobrir o quadro protegendo-o da atmosfera e do nosso olhar alucinado.

E, sim, também a excitação mesmo sexual que às vezes sentimos ao escutar uma música, a lei da gravidade cessa, somos vazios, e nossos ossos e pele, uma caixa em que os sons passeiam, por um pouco somos alma, e de repente, nos baixos, *cellos*, tambores e alguns sopros, ela nos transforma em peso e nos mistura ao centro da Terra.

Era estranho que esses sentimentos começassem a aflorar sem que a arte propriamente dita estivesse presente, era uma conversa sobre ela.

Um dia, no final desses treze dias, ele se desculpou, não poderia responder com a atenção de sempre, estava muito cansado e aborrecido com a maneira rude como ~~meu~~ seu coração fora tratado no laboratório, durante um exame demorado. Ele disse a ela que estava cansado, então, naquele momento, disse que ela era uma pessoa gentil, e depois diria mais.

O coração dela apertou-se. A voz dele falava da vida dele e dela mesma, era gentil, ele dissera, a palavra gentil dita por ele invadia a vida dela, atravessava o escritório e entrava na casa, nos seus momentos pequenos, na hora de dormir. A voz dele, as minúcias do seu ritmo amigo e de um calor cheio de pudor e verdade. A conversa era sobre o que mais amavam, depois dos filhos, do marido e da mulher e dos amigos, do pai, da mãe e dos irmãos, o que mais amavam: a arte, e ele vinha e falava do seu cansaço e da gentileza dela. Ela ficou comovida porque ele disse gentil, uma palavra, ela sentiu em seu coração, com som e cheiro antigos, ele disse que ela era gentil, queria ouvir mais, queria ser isso que ele dizia, seguir conversando sobre aquilo que mais amavam, depois de, sobre a arte e as palavras.

Aconteceu que as palavras não quiseram mais ser assunto. Aconteceu que as palavras quiseram tomar corpo, ser uma coisa e não apenas sobre coisas. As palavras começaram a se misturar com a vida deles, foram invadindo outros espaços das casas e das famílias, os gêneros quiseram se misturar e ameaçavam, na vez da cada um, fazer isso.

Um rodamoinho entrou no escritório de cada um, um vento forte e quente, vindo de um lugar muito quente, talvez do subsolo, jorros violentos de vapor subterrâneo. Subterrâneo. Não mais apenas o rosto ficava quente, como dizer?, o que vem do chão e sobe, é necessário ser claro, já foi dito, também já foi dito que nem tudo poderá ser dito, de qualquer forma, nesse momento de vento quente que vem de baixo, é exatamente da intimidade que se fala. Ficou difícil a espera, e nesse momento uma cadeira voou e bateu com força contra a parede. Um quadro despencou e quebrou o vidro, arranhando o desenho que ele protegia. O vento ficou cada vez mais forte no escritório de cada um, as casas permaneciam sólidas, por quanto tempo resistiriam? O barulho dos papéis voando em revoluções cada vez mais violentas e a desarrumação dos cabelos era visível e audível mesmo fora dos escritórios, dentro das casas; verdade? O coração batia alto demais? Outros ouviam? E então eles falaram a coisa que cada um tinha e não podia contar. Na verdade, nós sabemos, eles não sabiam o que era, só souberam quando falaram, quase que só souberam porque falaram. E quando souberam, o vento cessou, a chuva amainou, a terra secou.

No dia da festa eles se encontraram no meio dos amigos, filhos, do marido e da mulher, e eles não sabem bem o que aconteceu. Eram míopes, os dois, quando se deram conta já estavam cara a cara, estavam com seus corpos que não conheciam bem, um o do outro, os corações ainda agitados, eles se tocaram, provavelmente. Tinham volume, devem ter se tocado, um beijo em cada face, dois beijos, mão no ombro do outro, um tapinha amigável, estava frio, sentiram com certeza a textura da roupa moldando os ombros e as espáduas, um do outro. Como vai? Tudo bem. Parabéns. Tudo bem. E ele não quis ficar muito tempo porque tinham outro compromisso, ele já tinha avisado, e porque a música estava muito alta, ele disse para a mulher, dele.

FICOU DE FORA

• E eu, aqui, posso voltar e contar? Existe traição? Eu cometo uma traição? Quebro e trago pedaços secos que colo criando outros corpos e vozes. Não salvo, não destruo, não preservo, o que aconteceu ficará lá, inteiro ou apagando-se, o que trago não trago, crio uma coisa nova. Por que, então, o sentimento de traição, a vergonha de falar dele e dela naquela hora dos dois tão expostos, o desejo dos corpos que não existiam antes de tudo começar, de o verbo existir? Se são outros os que construo com palavras agora solitárias, para ouvidos indistintos e muitos, por que então esse enorme pudor, a vontade de pedir desculpas aos dois?

• Escrevi: "eu falo", e não "eu escrevo". Pensar sobre isso. Nada é só modo de dizer. Quero pensar que não escrevi, que só falei e, por isso, deixei ir, assim como a história deles, não fui eu a dar-lhe a forma que ficará sendo. Talvez por isso escrevo: eu falo.

• Falar do fim presente desde o início. Do encapsulado que produziam. Porque se fosse para fazer parte da vida, desde o começo eles sabiam, mesmo sem saber, mesmo sem ter palavras para saber, eles sabiam que, se a conversa se transformasse na vida de verdade, ela iria destruir o equilíbrio tão amorosamente construído de suas vidas presentes, da vida de cada um com seu marido e sua mulher, com corpos e viagens e pernas se tocando e se aquecendo de verdade e com prazer nas noites frias. E eles não iriam abrir mão dessa vida de cinquenta anos já muito reconstruída e com vontade firme, agora, de ficar assim, sem novas revoluções, sem machucar mais ninguém, esse carinho alcançado.

• E se for para tentar entrar lá atrás mesmo, lá onde as coisas aconteceram, eu não consigo, e não só porque é impossível, já que as palavras têm o dom de criar e nunca de recriar, é também porque quando tento minha garganta fecha, a voz arranha a garganta, vai sumindo e dói, e as lágrimas sobem grossas e já não sou capaz de enxergar as teclas, pensando neles, naquele momento que eles viveram.

• É que arte não pode ser um assunto entre um homem e uma mulher.

SONHO COM CEÓLA

Ceóla ou Feóla. Era o nome de quem? Da moça? Acho que sim. Eram dois homens em um carro, talvez dois policiais. Eles param em frente a uma casa, vinham de carro. Talvez fosse um chamado, na casa aconteceu um crime, eles entram. Uma mulher matou a outra, eram amantes, não vejo a morta. A que ficou viva, talvez a assassina, é alta, tem ombros bonitos, morenos e magros, veste uma camiseta sem mangas. Vejo a mulher de costas, virando-se, o perfil do rosto se mostra, o queixo, um olho amendoado, o nariz delicado, a boca carnuda, vejo apenas da cintura para cima, parece filme, a cor da cena, a textura de celuloide, não há possibilidade de se ver a parte de baixo da mulher. Mas eu estou lá.

Os dois homens falam com a mulher (o nome dela é Ceóla ou Feóla). A mulher que já começou morta está caída no ladrilho branco do banheiro, lembro do sangue no ladrilho branco, do seu corpo deitado de bruços, um braço para cima, um pouco de pelo na axila desse braço, o direito. O outro braço está abaixado. O pelo na axila direita é sensual, a moça é jovem, era. Quando os homens falam com Ceóla, ou Feóla (fica sendo Ceóla), a moça morta não existe mais no banheiro, o corpo dela não está mais na casa.

Ceóla está triste, sozinha, quer que os homens resolvam o caso. Os três conversam e os homens vão embora.

A casa é isolada, uma fazenda ou pequeno sítio, ou só isolada em meio a uma área cuidada, capim baixo, colinas. O carro preto faz uma volta e vai embora. A casa fica lá, solitária e iluminada pelo sol, como filme americano. Tudo é um filme, eu vejo tudo.

Um homem volta, estaciona o carro na frente da casa e entra sem bater na porta. Ceóla está no quarto, como da primeira vez, só vejo um ombro e o perfil do seu rosto. O homem joga a mulher na cama e a estupra. Vejo os dois corpos inteiros na cama, tem sangue no lençol, Ceóla está mole, desmaiada ou morta. O homem se levanta e o outro homem entra pela porta. Eles conversam. Não há mais sangue no lençol. Ceóla está nua e é bonita, o que me excita, junto com o que já vi. Ela tem os cabelos castanhos, compridos e meio selvagens, ela está nua. Deitada na cama de lado, apoia-se no cotovelo direito, lânguida e charmosa; me excito de novo escrevendo e lembrando dela na cama. Ela fala com os dois homens, feliz de ter trepado. Os dois deitam-se na cama com ela (não sei se isso aconteceu ou se invento agora). Eles deitam com ela, tiram partes da roupa deles e beijam a mulher, mordem seus ombros, agradam os lábios da sua vagina. Metem pela frente e por trás. O que é muito bom. E depois se levantam. Ela fica feliz na cama, cobre-se com o lençol, vira-se de lado e dorme sorrindo. Os homens já vestidos conversam sobre a moça morta, o que chegou depois tem informações novas sobre o assassinato.

MANHÃ

Os pés aparecem nus, não vejo o resto do corpo. Os músculos se contraem, o volume dos ossos surge e desaparece sob a pele, posso imaginá-la inteira, sentada na cama espreguiçando-se. O tapete oriental, vermelho com muitas cores, ondula sob a pressão de seus pés, o calcanhar sobe e desce, os dedos alongam-se, os pés deslizam para a frente e voltam, aquietam.

Controlo o ímpeto de tocá-la, contornar seus tornozelos sonolentos, sentir a maciez da sua batata da perna, a pele transparente, acompanhar o caminho das veias azuis. Meu coração bate alto, ela o escutou uma vez, e nos labirintos de seus ouvidos eu continuo pulsando.

Sobre o tapete, além dos pés, há um cinzeiro com bitucas, o travesseiro jogado, uma nesga de calcinha dentro da calça jeans e dedos que não são os dela. Dedos secos de criança morta, a cor roxa mistura-se com o vermelho oriental.

Os pés apoiam-se inteiros, ela se inclina, bebe água, ouço goles demorados, os pés somem, a cama range. Percebo a distribuição de seu corpo no colchão, recosta-se na cabeceira da cama e liga a televisão com o controle remoto. Mais uma vez dependo apenas dos meus ouvidos. Os programas matinais já começaram, raios de uma manhã nublada penetram a fresta inferior da veneziana, sons na casa, água de chuveiro, água no fogo, despertador desligado. Ela tem hora, não vai demorar.

Nossa luta foi violenta, sei do seu cansaço, contudo, alguns minutos de sono verdadeiro e ousará novamente a normalidade. Meu poder diminui com a manhã, as obrigações do dia, falar, ouvir, sorrir, perguntar, responder, gestos automáticos da troca solar construirão um corpo novamente inteiro, e ela esquecerá nosso assunto. Quero uma lembrança física, que a assalte em meio a um bom-dia, um arrepio — dez pequenos dedos frios a escorrer por seus calcanhares, dedos sem ossos sob seus pés descalços —, eu espero.

Noite após noite toco suas entranhas, volto ao seu ventre macio, caminho por seu pescoço, o ar falta. Vi pavor e ódio de madrugada, não basta, sonhos ruins, alucinações, ela poderá argumentar, e receber a primeira ducha de água fria como um exorcista eficaz. Por isso o contato no domínio do dia é importante. Meus dedos são pequenos e somem nas cores orientais.

Dedos frios com membranas aquáticas a uni-los não foram o assunto da noite. Abuso sexual, estupro, sequestro e mutilação, falta de ar e morte lenta. A visão de seu corpo deformado, o peso da morte do que eu ainda não era, vergonha e humilhação. Medo de ser vista, do som de sua voz, da perversidade de seus pensamentos. Desejo de morrer, arrancando de si o que permanecerei sendo. Vontade de trepar, dedos febris em seus buracos e peitos e língua, movimentos bruscos, esfrega, entra, belisca e aperta. Mordidas no braço, dentes trincados tirando sangue não foram suficientes para afastar minhas imagens afiadas. Insisto. Quanto mais fechados os dentes, mais compactas as lembranças cortam e sangram.

Finalmente o sono. Seria redentor, se não sonhasse.

Acordou suada, com a boca seca. Meus sonhos ainda vivos desenrolam-se, cobras e lesmas e pedras e paus mexendo-se dentro do estômago, espasmos de horror em seu cérebro. Os pés no tapete, mundo. Não, meu amor, você não terá esse alívio.

Clarice levanta-se. As lembranças dos pesadelos noturnos adensam o sangue em sua cabeça, nem uma facada no útero faria jorrar sangue. Pisa os dedos frios da criança morta e não sente.

A água jorra gelada detrás da cortina de plástico.

3

RAZA

Sabemos que Raza existe. Passamos por suas ruas de carro e quase nada sabemos dela. Conhecemos razares que trabalham aqui, andam em nossas ruas durante o dia. Hesitamos dizer que Raza é uma cidade, apesar da fronteira geograficamente nítida. Por muito tempo pensei que Raza fosse apenas um estágio incerto e errado de nossa própria cidade.

Razares falam diferente, vestem-se diferente, andam e olham diferente de nós. A cor, não gostamos de falar nisso, mas evidentemente a cor da pele e a textura dos cabelos também são distintas. Não entendo, portanto, a demora em perceber que se trata de outra cidade e não de um defeito, nosso ou deles.

Razares têm leis próprias que somos incapazes de sistematizar; usam pouco a escrita, e o silêncio é valioso. Nos últimos anos Raza encheu-se de projetos que os razares frequentam. Pulando de projeto em projeto conheci o pouco que conto agora para te distrair nesse entardecer de sua convalescença.

Os razares transformam-se quando vistos em seu próprio ambiente. No início são escuros e opacos, absorvem nossa luz e não é possível diferenciá-los. Em poucos dias começam a refletir e a branquear; conseguimos então notar os traços distintivos de cada um e ligar rostos a nomes e histórias. Os proje-

*tistas reúnem-se toda primeira sexta-feira do mês para dis-
cutir os problemas revelados nas projeções diárias: desampa-
ro, falta de sentido para a vida, desambição e tédio, violência,
prostituição, desestruturação do pensamento e descontinuida-
de da fala, por exemplo.*

*Projetos surgem, crescem e somem, consomem dinheiro,
abnegação, nosso tempo, e Raza permanece Raza. Alguns projetistas enlouquecem e tentam o suicídio, como você, Raul, a
quem, porém, tocou cidade diversa; outros perdem a capaci-
dade de emitir imagens luminosas na retina deles, a fala transforma-se, perde a fluência.*

Raul, pálido, esticado no sofá adamascado, massageia
com suavidade seus pulsos envoltos em gaze limpa, a pele
costurada cicatriza e coça. Raul é uma pessoa frágil, não
quer se apaixonar de novo nem conhecer pessoas diferentes. No final, ele sabe, irá se transformar em um meio do
caminho híbrido e estéril.

My dear, Raul sussurra, *what I need is a land far-far
away.* Ele fecha os olhos quase sem cílios, *quero ouvir uma
tragédia inesperada, uma história que termine em morte e
sepultamento.*

DAVI
(ter você dormindo ao meu lado
era tudo o que eu queria)

1

Davi olha o que acontece à sua frente com a boca aberta, parece não respirar. Ele olha e não enxerga; tem doze anos.

Um homem está no chão e o sapato preto de outro homem lhe chuta o duodeno, o estômago, os intestinos grosso e delgado. Um jorro de sangue percorre a faringe e golfa pela boca manchando de vermelho vivo a camisa branca com finas listras cinza e a gravata azul-celeste. No terno escuro e no asfalto, o líquido viscoso cresce em forma de poça. O homem vira-se de bruços protegendo o rosto com as mãos, é chutado nos rins e nas costelas. O som não é mais amortecido pela carne dos órgãos internos, o barulho que o menino ouve é mais alto que o de um feixe de gravetos sendo partido ao meio.

Certamente existem ruídos de carros e vozes, o homem que chuta abre a boca e grita, o menino não ouve; vê gotas de saliva sendo expelidas. O homem no chão se contorce e cerra os punhos. O asfalto é áspero. O menino ouve: pof, pof, crec, pof, e lhe vem à cabeça: fígado, baço, hemorragia interna; a camisa deste homem no chão está suja de sangue, alguém vai ter muito trabalho para limpá-la; se esse homem quer matar meu pai, deveria pisar de uma vez no seu pescoço. A imaginação dos vários ossos do pescoço do pai quebrando-se dão arrepio nos dentes do menino, seu estômago se contrai e uma onda ácida queima a garganta e morre na boca. O pensamento do menino rodopia.

O corpo no chão parou de se mexer. O homem vira-o de barriga para cima, Davi olha o rosto de seu pai. Apesar de sujo de sangue fresco e salpicado de asfalto, é um rosto bonito, ele entende que aquele rosto é bonito, um rosto que o pacifica. Os olhos abertos do pai não dizem nada, o menino pisca, quer fechar seus próprios olhos, mas eles se abrem de novo. O homem que mata seu pai respira fundo, flexiona os joelhos e salta. O sapato dele está a milímetros do rosto do pai e o olhar do menino finalmente desgruda-se do chão e vai ao encontro de um vidro preto onde enxerga seu rosto refletido. Os ruídos retornam nítidos, e irrompem elos sem fim entre ele, as palavras e as coisas todas da morte do seu pai. O último instante que a memória guarda é o rosto de um menino uivando no vidro preto da janela de um banco.

2

Dentro do carro na rua Jardim Botânico, Davi vê as palmeiras do Jardim Botânico à direita, o muro do Jockey Clube à esquerda, à frente o sinal vermelho e, ao longe, a Pedra da Gávea. Pelo espelho retrovisor do seu carro, ele vê o Corcovado.

Davi e Flora aguardam o sinal abrir. Garotos andam pela calçada da esquerda, somem e reaparecem no espelho lateral, atravessam a rua, passam no retrovisor e desaparecem na Pacheco Leão. Uma moça branca para defronte à janela de Davi com um cartaz dependurado no pescoço em que se lê algo sobre cinema brasileiro e Glauber Rocha. Dois rapazes seguram uma faixa com letras vermelhas e pretas, CINEMA É UMA COISA LEGAL. A moça fala: você quer ajudar o cinema brasileiro? Não temos dinheiro para a finalização; Davi faz que não com a cabeça. Na frente do carro, na carroceria amarela de um caminhão cheia de restos de construção, há uma placa em que se lê: ACEITA-SE ENTULHO 2576 3535. Sentado sobre o entulho, um senhor negro balança entre as pernas uma peixeira enferrujada. No retrovisor, homens trabalham furando a rua. Pequenos montes de lascas pretas de asfalto espalham-se em volta e placas indicam: HOMENS TRABALHANDO, ATENÇÃO, DESVIO. Um trabalhador jovem descansa sentado no meio-fio, seu perfil é o das estampas futuristas russas. A menina pequena com cabelo crespo e pele cor de jambo vende chicletes para o carro da fila da direita, debruça-se sobre a janela e seus pés brincam uma dança que lembra as mãos dos cantores de rock da década de setenta. Um menino vende balas. Rapazes maiores oferecem caixas de morango maduro demais. O sinal fica verde.

3

Davi acelera devagar, não vê o rosto de Flora, olha para a frente, dirige o carro no trânsito lento e fala: às vezes ele nem aparece e sei que é com ele que estou sonhando, no meio de outra história os olhos vermelhos dele, mesmo que calmos, mesmo que no rosto de uma mulher velha, mesmo que não estejam avermelhados naquele momento, eles aparecem e me fazem acordar assustado. Ontem era uma rua cheia de gente, ele estava de costas, andava abraçado com uma mulher, as mãos dele abraçavam e acariciavam a cintura dela, devagar.

Eu acordei e você estava longe, eu precisava te agarrar com força, te morder, eu precisei de você ontem de noite, e você não estava lá. Parecia que eu ia cair dentro do meu coração se não te agarrasse, havia um furo negro que não terminava no meio do meu peito e eu ia despencar, tive uma vertigem, precisei me segurar na cama com força, cravar as unhas no lençol. Eu acordei e você dormia tão linda, eu chorei porque você dormia tão linda. Eu sei, sei que podia, mas não quis te acordar, ter você dormindo ao meu lado era tudo o que eu queria.

JOÃO

Não pensei esse caminho para mim, não era a resposta certa; agora eu esqueci a pergunta.

Naquela noite eu quis ser o errado. Precisava respirar. Nunca tinha ido para a noite com os vizinhos do lado esquerdo, naquela noite era o mal o que eu procurava; fui e fomos pegos, não justifico. Ver o garoto de joelhos pedindo para não morrer me sufocou ainda mais; fiquei com nojo do medo dele, dos seus dentes batendo na boca do cano do revólver, nojo da alegria do meu amigo, da saliva fazendo barulho entre os dentes da sua risada. Os policiais me trouxeram para a Febem.

Gosto de ler. Eu escrevo bem, tirava "satisfatório" em redação, você vê que escrevo bem, está lendo. Agora eu me lembro da escola e não sei mais; é insatisfatória do primeiro ao último tijolo, à última letra do teclado dos computadores da sala de informática. Cada vez que a professora dizia que quem é pobre deve aproveitar mais a escola do que os outros, que para gente pobre a única chance está nos estudos, cada vez que ela olha — ela ainda olha nos meus olhos, muitas noites seus olhos me visitam e me assombram, mais do que outros olhos piores —, cada vez que ela olhava nos nossos olhos e via sujeira e ignorância, eu ficava com vergonha de gostar de estudar; eu ficava — ainda fico, cada vez mais — ficava com vontade de ir morar em outro país. Os olhos dela tentam — ainda hoje eles tentam, nas noites cheias de barulhos e cheiros de gargantas, suor e esperma —, tentam me separar da minha casa, do casa dos meus irmãos e amigos, tentam me puxar pelos cabelos para fora da sujeira e da ignorância, da lama que ela enxerga quando olha para meus irmãos, irmãs e amigos. Em mim ela vê uma nesga de pele livre da lama escura, uma possibilidade de pele clara, porque eu gosto de ler, porque eu sou satisfatório; seus olhos — dos quais não consigo me livrar nem aqui dentro da prisão —, seus olhos poluem minhas leituras, envergonham e amesquinham a minha inteligência.

Cada vez que escutava a voz tranquila da professora e o seu olhar sinuoso chegava a mim, tinha vontade de ser lodo e breu, uma sede de cometer violências; o olhar da professora do primeiro ano do ensino médio me constrangia ao mal; não justifico. Não sou violento, sou grande; ela podia ter ficado quieta, fechado os olhos, calado a boca, era o que eu pensava, naqueles dias de escola eu gostaria muito que ela calasse a boca e os olhos, que um pequeno beija-flor bicasse seus olhos e a deixasse cega.

Não sei o que vou fazer quando sair. Nunca vi minha mãe tão triste; "foi uma facada no meu coração", ela falou, "trabalhei a vida inteira para não ter que ver filho meu terminar assim". Minha mãe repete as palavras que aprendeu, as frases que outro falou antes dela, repetindo o que ouviu de outro, que por sua vez — lugares-comuns, ouço a professora do primeiro ano dizer ao sublinhar com um traço vermelho a frase vulgar. As palavras da minha mãe, e as dos homens e mulheres que a antecederam, tenho certeza, são únicas e originais, criadas naquele momento para aquela situação. Minha mãe e seu filho. O dilaceramento de seu coração é sincero nas palavras que repete; o dilaceramento do meu coração é sincero e insuportável depois de ouvir e entender a verdade das palavras que não começaram com ela. Minha mãe foi revistada, passou pela porta e entrou, sentou-se próxima a mim e não levantou os olhos, não conseguia olhar em meus olhos. Nos abraçamos e choramos juntos.

Tentei fugir; eu não sei como vai ser. Estou coberto de cortes mal limpos que se infeccionarão e será um cheiro a mais em nossas noites. O muro da casa vizinha era cheio de cacos de vidro afiados, eu nem pensei, apoiei com força minhas mãos e pulei. Tinha que fugir dos policiais, o barulho das botas virava a esquina. Tive medo de morrer, não era nem de ser preso de novo, e sim de morrer. Caí do outro lado com as mãos furadas, o tornozelo torcido e as pernas sangrando, me arrastei até a porta da casa que estava aberta e fiquei encolhido no canto de uma sala escura, esperando o tumulto passar. A dona da casa entrou devagar na sala, ouvi seus passos e senti seu faro, ela acendeu a luz e berrou. Um grito curto e os olhos esbugalhados, ficou paralisada, como uma pintura, uma fotografia chamada *Medo*. A pele do rosto tremelicava, os olhos vibravam sem piscar, nunca vi tanto medo. Parecia que ela estava vendo um pesadelo. Na frente dela estava eu machucado, sem conseguir me levantar. Eu sangrava, era provavelmente uma pessoa muito feia, medonha mesmo, uma pessoa horrível, mas o medo dela era do sobrenatural. Quando meu entendimento alcançou o seu medo, fiquei com medo também, como se eu tivesse me transformado em uma ratazana gigante, com dentes afiados e olhos de demônio, fiquei aterrorizado comigo e, acuado pelo medo dela, não havia como pular fora de mim. Uma ratazana esquelética, a cabeça raspada, os pelos imundos melados de sangue e com rabo pelado; era eu nos olhos dela.

Então eu falei, falei para enxotar o susto, se ela me ouvisse falar, escutasse a minha língua, a língua que era da terra dela, de alguma maneira, se ela entendesse. Falei, me ajuda, falei de novo, ajude-me, por favor, estou machucado. Ela saiu do transe e chamou a polícia.

Sinto por minha mãe. Não quero que tirem a culpa que tenho; ela é minha. Tenho uma vontade sem fim de morar em outro país, de me chamar Uélinton e não João.

FICÇÃO

Resisti ao carro blindado. Fumo, tenho claustrofobia, é ideologicamente nefasto, uma provocação perigosa. Enfim, a coisa piorou e passou a ser arrogante e irresponsável deixar-me morrer abrindo mão das defesas de que disponho. Tenho filhos, exerço uma liderança produtiva na sociedade, pesquiso as origens de nossa desarmonia social. Tenho pânico. E o pânico de ser atacada, machucada, humilhada e morta minava meu raciocínio. Cedi ao carro blindado.

A energia que gasto andando em um é equivalente à que gastava andando em um não. Exige a mesma dose de alienação. Se desprotegida, qualquer pedestre é um assassino, quebraram-se os códigos morais capazes de deter sua ação predadora, o nosso fracasso. O medo dirige e transforma em hostilidade todo o humano, torno-me uma idiota. Se protegida, blindada, perco o contato. Sem medo não há vida, afastado o mal, o bem se vai, não faço parte, torno-me uma idiota.

A rua é um espaço vazio que percorro no vácuo. O vazio não existe, é desejo vão. Tudo deixa sua marca. As artérias permanecem cheias e pulsantes, e o oco não existe. Se o sangue para de correr, seca e entope, os vermes alimentam-se, sempre haverá matéria viva a ocupar os corredores estreitos da cidade.

Estava parada em um engarrafamento, no final de um dia poluído. O homem surgiu e bateu na janela com uma arma preta. O movimento de sua boca berrava e a voz chegava baixa. Passa o dinheiro, passa o dinheiro ou vai morrer. Agora, abre a janela, agora, agora, ou vai morrer, ou vai morrer. Olhava louco para mim, olhava louco para mim. Ou vai morrer, ou vai morrer. Olhava sua boca, seus olhos, a arma preta, a aflição e a raiva e me convencia que era cinema. Não tentei explicar-lhe, ele entenderia. O vidro blindado transformava sua ação, eu podia olhar, observar os detalhes de sua roupa, a língua escura e o tamanho pequeno das mãos agarrando a arma preta. A arma preta apontada contra meus olhos, o canal oco da arma preta tremendo, argumento claro, abre, sua vaca, eu vou atirar. Minha curiosidade apática minava sua decisão, o argumento oscilava.

O rapaz entendeu sua impossibilidade, titubeou, apoiou as mãos no vidro, uma fechada na arma, aproximou o rosto e cuspiu minha morte mais uma vez. Eram de um animal os olhos, a palma da mão suada e a saliva. Furioso, enjaulado, um fila brasileiro latindo e pulando atrás das grades enquanto caminhamos na calçada. Ele segurou a arma com as duas mãos e mirou em meu rosto. Eu mirava calma e hipnotizada, intrigada com o fim.

Um frio monstruoso me sobe do estômago e para meu coração. Hoje é dia de rodízio, eu não estou no blindado. Meus olhos pulam de horror, as mãos crispadas na boca aberta e hirta, sem qualquer possibilidade de voz, pedi piedade. Ele entendeu e riu. Num só golpe, quebrou o vidro com a mão da arma, esmurrou meu rosto e sumiu deixando o revólver de brinquedo no meu colo manchado com nosso sangue.

4

DUAS FOTOGRAFIAS
SOBRE O NATURAL

para Elisa Bracher, minha irmã

Na cidade de Abaetuba, uma menina de treze anos ficou presa durante dias junto com vinte homens. Por ser menor, não conhecemos seu rosto nem seu nome. Sobre a sua prisão foram publicadas duas fotografias.

Uma é da cela em que a menina ficou presa. É uma fotografia pequena e mal impressa, as grades da cela da prisão de Abaetuba dão para uma rua com casas. Uma rua comum, de terra, uma rua com casas comuns. A menina gritou e pediu ajuda todos os dias; talvez a cada estupro, ou antes de cada um deles. Ou baixinho, um grito para a rua, baixinho para que nenhum dos homens ouvisse.

Ela ficou presa até que um dos vinte homens — um que a protegeu como foi possível, não impedindo seguidos estupros, pois isso não era possível, mas dando-lhe da sua comida, arrumando-lhe um lugar mais protegido para ficar quando não estava sendo abusada —, até que esse homem fosse solto. Ainda da prisão, ele escreveu para alguém da Justiça contando da situação, mas ele não tinha a certidão de nascimento da menina para provar que ela tinha apenas treze anos, ou para provar que ela existia. Ao sair da prisão ele achou o tal documento e conseguiu que um juiz ordenasse que a menina fosse solta.

Os gritos e os estupros, a gente leu, os ouvidos dos moradores da rua de terra com casas comuns a gente viu na fotografia.

Outra fotografia mostra a menina andando ao lado de um policial. Ela é baixinha, veste uma saia jeans curta e camiseta sem manga. O policial, como a menina, está de costas, pela sua postura e porte parece ser um homem jovem. Os dois andam na direção oposta ao fotógrafo. O comovente da foto é a mão do policial no ombro da menina e a mão pequena da menina na cintura do policial. Seu braço curto e fino precisa levantar-se um pouco para alcançar a cintura do homem que parece ser bom.

É um adulto caminhando ao lado de uma criança na acepção que conhecemos das palavras "adulto" e "criança", na acepção que queremos com toda a força do desejo de sermos bons e inocentes conhecer: um adulto e uma criança caminham juntos, um protege e outra é protegida de um jeito normal, comum. Ao ver a fotografia, dizemos que um adulto coloca sua mão no ombro de uma criança de forma Natural.

Depois de tudo, dos vinte homens e da rua de terra com casas comuns, isso é tocante. E, não é possível dizer por quê, o mais comovente na fotografia é a menina estar usando uma sandália de borracha, dessas de dedo. Por que isso é tocante? A saia jeans, a camiseta laranja, o uniforme cinza do homem jovem, e finalmente, a sandália de dedo da menina.

CORUJA

1. A MENINA QUERIDA

Esta é uma história sobre o início e o fim do desejo.

(Embrenhada na mata, Isadora enlaça com as pernas o galho do abacateiro.
Na varanda, Felício, seu pai, enrola um cigarro de palha e desenha mentalmente a cor e a forma do sexo da filha.
O homem do outro lado da mata brinca com a fumaça do fumo negro em sua boca.)

A lua nasce vermelha, há barulhos de grilos, arrulhos de pássaros.

(A menina quer ser a mata e, ao mesmo tempo, quer ser um corpo sozinho.
Na varanda Felício cochila.
O homem espera.)

Esta história se passa em julho de 2008, perto de Goiânia.

2. Canção para três vozes

Isadora	Pai	Homem

I

eu.
na vida
eu quero
saber
e mais nada.

II

Isadora	Pai
não quero saber.	
não quero.	No céu
não.	O céu
na minha vida:	Na terra
eu e mais nada.	Poeira

III

Isadora	Pai	Homem
	Coruja	
eu não quero saber		
mais nada na vida.		
não quero saber mais.		
nada.	De noite	Hoje,
	No breu	eu e você,
eu quero saber		
de mais nada.		nós dois.
	Coruja	
mais nada.		Um pouco só,
não quero saber.	De noitinha	vai ser bom.
hu-hum.		Um pouco só.
eu não.	Uh-uh	

IV

quero
e depois não.
saber mais,
um pouco.

Cantando
Piando

No escuro

Juntos,
deitados na noite

V

na vida,

eu disse:

nada.

Toda noite
Tudo, tudo
Escuro

Uh-uh
Sozinha

Sozinho

Um pouco só.
Junto.

Só nós dois
e mais ninguém.

3. Uma história só

Isadora Δ

Isadora pisca os olhos, abre e pronto, lá estão os meninos, os homens, o pai, todos gosmentos. Todos, inclusive ela mesma, e tudo que se move e que fica parado, como a mesa de pés finos e torneados da casa da tia, estão dentro dela, sufocando-a com sua presença de formas mutantes, enchendo seu corpo até a boca, fechando a glote, impedindo-a de respirar; ela tem engulhos e vontade de vomitar. Ao mesmo tempo, tudo está fora dela, ela os vê, inclusive a si mesma, de longe, como o astronauta russo viu a Terra, ela vê o seu mundo (com ela e os pés da mesa da tia, além da escola, aula de inglês, treino de handebol, tardes de televisão e o que mais se possa imaginar que seja o universo de uma menina de treze anos em Goiânia, morando em um apartamento pequeno com a tia, uma menina púbere e inteligente) sem nada que a toque, ela vê o mundo de muito longe, sente-se no vazio, e o que ela vê muda constantemente de cor, forma, tamanho, peso e textura. De noite na cama, ela se encolhe e murmura um som sem significado. Não chora, porque Isadora não chora.

Pai ß

Felício tem braços e pernas fortes, a pele tisnada pelo sol e o cansaço de um dia de trabalho duro. Na varanda de terra batida da sua casa velha, ele não se balança; no equilíbrio da cadeira de balanço fica quieto, parado como a noite de um julho especialmente seco; não há água no mundo. Nada se movimenta, apenas o planeta em torno do sol que já se foi. Da varanda da casa ele tem a visão do horizonte quase à volta toda; fora a mata, do lado esquerdo, o resto é pasto até perder de vista, até o planeta curvar-se sobre o abismo, brinca o homem com seu pensamento cansado, o abismo por onde elas se vão e de onde elas se vêm.

Isadora Δ

Nas férias de julho ela vai para o sítio do pai. Isadora não se importa com os pastos sujos de mato, o chão de tábuas empenadas, as bolsas de gordura sob os olhos do pai e seus dentes escurecidos pelo fumo; ela não é besta, sempre foi do lado do pai, do mato, do cheiro de bosta e do cerrado. Não é isso, não é nada, está tudo bem.

Ele tem cabras, um pouco de gado, vaca de leite, galinhas e porcos, milho, mandioca e dois cavalos. No começo do ano o cavalo de Isadora morreu. No cavalo do pai ela não monta, é do pai. Ela sabe que o pai não tem dinheiro para comprar outro cavalo, por isso se esqueceu de comprar. Ela sabe que o pai não gosta de dever favor a ninguém, por isso ela disse que não precisava pedir ao vizinho.

Chegou no sítio, no julho de seus treze anos, sem querer mais saber de acordar com o sol, dar a mão para o bezerrinho mamar e limpar a gosma na calça e, depois do arroz com pequi, ler uma revistinha velha no sofá furado da sala. Chegou querendo cavalgar para muito longe e voltar já no escuro, o suor secando no corpo, a crina do cavalo grudada no couro do seu pescoço, quase dormindo sobre o dorso do animal.

Ela não aguentou a pasmaceira do pai, não queria saber que seu pai era mais um insuportável. Nesse julho ela se fechou em seu quarto, dormia muito e quando acordava, saía para o mato cheia de vontade de comer e trepar em árvore; de ficar sozinha.

Pai ß

Rosa era uma moça alegre e bonita. Era jovem, não uma moça virgem, jovem e bonita. Ele provoca a lembrança para mexer em seu corpo, salivar de olhos fechados, isso o sossega. Agora, vendo a filha partir para dentro da mata, é melancolia que vem junto com a lembrança de Rosa quase com a mesma idade da sua filha Isadora. Um pouco mais velha, um pouco mais bonita. Isadora ainda não é bonita. Pensa de novo, os peitos pequenos e pontudos, as pernas compridas, e lá dentro, ele imagina, rosa claro com pelos macios. A filha de Rosa e talvez dele, quem sabe? Que homem alguma vez soube? Pergunta-se o homem sem drama.

Vira a cabeça para trás estalando o pescoço, levanta-se para pegar um pouco de fumo. Sente o rolete e a pressão da lâmina do canivete na palma da mão, seu olhar acompanha a camiseta branca de Isadora entrando na mata.

Homem Ω

Desceu há pouco do cavalo, tomou banho, já está coberto novamente de pó, pó na língua, no nariz, nas orelhas (é a seca), e agora faz hora até acontecer alguma coisa.

Δ

A mata seca do cerrado antes das chuvas de setembro é quase carne viva, um couro de bicho, uma jaqueta de couro ainda cheirando ao bicho vivo que cobre o dorso da menina, assim ela se sente.

Isadora passa por entre os arames da cerca e rala um pouco a coxa, ela se embrenha no meio da mata gostando de sentir o ardor do ralado. Come um tamarindo azedo, pigarreia alto, cospe e cospe de novo, chupa a pele do braço cheia de pó para tirar o gosto amargo da boca. Dependura-se no galho e balança o corpo fazendo caretas, agita as pernas para todo lado como se fosse pequena e tivesse medo da distância do chão; sente a casca do galho na palma da sua mão que se avermelha. Ela começa a trotar e a correr, ramos espinhudos e secos ferem seus braços, pernas, barriga e bochecha. Sobe no abacateiro como um macaco, com os pés em concha ladeando o tronco e forçando seu corpo para o alto. Logo alcança o primeiro galho e continua a subir.

As coxas enlaçam o galho do abacateiro, apertam até doer um pouco, depois afrouxam sem perder o contato, sem quase deixar de ser uma coisa contínua, a coxa da menina e o galho do abacateiro, a casca e a vagina, a calcinha de algodão grosso no meio. Isadora aumenta a pressão, escuta pulsar seu sexo dentro do ouvido; acalma, afrouxa, dormita com a bochecha encostada no galho do abacateiro; parece que seu sangue corre nos vasos lenhosos do abacateiro e a seiva dele corre nas veias dela. Uma brisa arrepia a pele suada de Isadora.

ß

Algum dia preciso consertar a cerca, esticar os arames. Felício não sabe por que pensa em fazer o que não vai fazer, o que um gado mirrado como esse vai querer no meio dos espinhos? A mata está mais morta do que o pasto, mais murcha do que as tetas das vacas. Dá pena deixar o chocalho no pescoço das cabras, tudo tem peso no final da seca. Todo julho é a mesma coisa, noite de pó no cerrado, sempre a mesma seca.

Homem Ω

Distraído, ele pisa o chão seco. Passeia no pasto, faz hora até a noite chegar.

Δ   A lua nasce grande e vermelha, os passarinhos se ajeitam, aos poucos sossegam. Cresce dentro de Isadora a vontade de ser uma coisa de verdade e não um corpo de treze anos com jeito de macaca sem rabo, coberto de pó da cabeça aos pés, pó na língua, no nariz, nas orelhas. Isadora limpa as mãos no pano da saia jeans curta, bate o pó da perna e do cabelo.

Ela apanha um pau do comprimento de seu antebraço e bate com ele no chão, bate na perna, do lado de fora da coxa. Começa a andar e segue batendo o pau na coxa, inclina a cabeça para sentir melhor o som amortecido do pau batendo no lado de fora da coxa, uma vibração curta que ela acompanha batendo os pés no chão, criando outro som que reverbera fora do seu corpo. Pega um pau maior, comprido como um cajado, e tum-tum-tum, pá-pá, pam e pam. Pé no chão, cajado no chão, pau no cajado, pau na coxa; ela ginga e depois marcha firme como um soldado, o corpo espicha e dobra. O pau continua batendo no cajado, e o pé na terra, e o pau na coxa; depois o pau volteia no ar, um som de vento, e volta a bater no cajado e na coxa. Uh-uh. Isadora balança com força a cabeça e o cabelo se espalha.

Isadora inclina-se inteira para frente, o cabelo lambendo pó, tum-tum, o som dentro do coração, o sangue todo na cabeça. Tum, pam, tum, pá-pá, hum-hum, pam. O sangue desce, desce, Isadora trava os joelhos, mantém-se firme com cabeça quase no chão até não aguentar mais tanto sangue a circular e a bater dentro da sua cabeça. Levanta-se, o mundo escurece e o suor escorre do couro cabeludo. Completamente zonza, cai, levanta e volta a marchar. No agito de som e sangue, a cidade e os homens voltam a zunir em sua cabeça: o menino; outro menino; o professor; um homem; todos os homens, as amigas, a roupa, o peito, o batom que borra. Isadora quer ser maior, pelo amor de Deus, pensa Isadora, puta que pariu, implora Isadora, ser maior do que tudo, bate e bate os pés e os paus, um rugido rebenta, arranha a garganta, urra, urra, urrr, rrrr rrrrr, ser só Isadora agora no mato. Hummm, hummm, tum-tum-tum.

Pau no pau, pau no chão, pau na coxa, na bunda e na

cabeça. Fora, ela pensa, quero que tudo saia imediatamente de dentro do meu corpo, não quero essas lembranças no meu coração, os rostos na minha memória e os sentimentos dos rostos de amigos e amigas e de quem eu não sei mais. Agora ela queria não ser povoada por ninguém. Precisa desesperadamente do nada, pensa Isadora, de um pouquinho de nada, se faz o favor, moço (imitando o sotaque caipira do povo da região do sítio do pai). Cheia de tédio até a ponta do nariz e cheia de sangue no corpo todo, tum! e tum-tum! e tum-tum-tum, tum! Isadora gira longe o pau e golpeia com força o cajado e a sua cabeça, segue em frente ferindo o braço, a batata da perna e de novo a cabeça.

ß   E depois da seca, as chuvas, o capim, a mata, o gado, as cabras, verdes, verdes, gordo e com tetas cheias de leite. O que Isadora precisa é dar.

Um vento pequeno joga poeira em seus olhos. É o diabo, esse tempo. Uma coruja pia, uh-uh.

Ω

Uma brisa traz de dentro da mata o som de paus batendo no compasso de quem chama. Não dá para ver quem toca (é mulher).

Δ   Isadora não aguenta mais seu corpo e seu corpo não aguenta mais Isadora. Isadora e seu corpo caem machucados no chão. Isadora continua a bater seus paus, a machucar-se mais e mais devagar. Isadora cessa. Um, depois outro, os sons da mata surgem, um grilo. Isadora para; fecha os olhos e respira; respira de novo. Ela encosta a orelha pequena e bonita no tronco do ipê-rosa, a palma da mão desliza, como uma vaca se coçando em um tronco de mangueira, sua mão roça o tronco e os seios nascentes sossegam no tronco do ipê-rosa.

Isadora chupa o sangue dos pequenos arranhões, suc-suc, um leite vermelhinho. Sobe uma vontade de comer, morder e chupar, sente-se muito gostosa, a única coisa que vale a pena ser comida na vida. São pensamentos e sentimentos engraçados, ela ri, mas não pode deixar de acreditar neles. Por exemplo, um desejo de virar árvore e ser capaz de guardar o calor, ou, se isso não for possível, ficar ali encostada na árvore, criando raízes e chupando seu suor.

Isadora fecha os olhos com o rosto virado para a lua e balança devagar os cabelos. Não quer ter raiz, não quer ter asa, não quer brincar com imagens, pode ser mais simples.

ß Felício se distrai pensando na filha prestes a deixar de ser virgem. Pensa nas meninas que conheceu nesse momento da vida delas. Pensa na mesmice da vida, no forro de palha do teto da varanda encardido e desabando, ele pensa no morcego surdo, nos cupins.

Ω Ele ouve com atenção, ainda não sabe quem é. Sabe que a sombra dela sua, gotas escorrem do seu cabelo, o homem chupa as gotas do suor do cabelo da mulher, ele engole a própria saliva e em seu pensamento lambe o rosto da mulher, devagar, a língua áspera de gato. O homem espera.

Δ Ela sai do calor da mata e chega no pasto do lado oposto ao que entrou. Há uma árvore queimada no meio do pasto, é um tronco morto e preto que sobe alto, parece tocar a lua cheia. No meio do pasto vazio, os braços de Isadora volteiam e brincam no ar que envolve o tronco solitário, quase os braços de uma bailarina, na volta da dança, os paus batem forte e depois suave no tronco. Isadora fica feliz de haver ela, a música e o ar em que vibra a música que ela faz com os movimentos de seus braços e pés. Coisas separadas, ela, a música e o ar, que se deixam existir. Pode ser simples:

eu fazendo música com uns paus em um tronco morto no meio do pasto.

Isadora dá passagem à noite, ao grilo, ao caracol, dá licença ao capim de crescer, à coruja de piar e à cobra para rastejar longe dela, bordejando sua paz.

ß   Lembra do parto da vaca no início do ano, teve que amarrar uma corda nos pés da cria melados de placenta e sangue, ela saiu com os pés primeiro, ele teve que amarrar a outra ponta da corda na sela do cavalo para conseguir puxar com força. Sabia que o bichinho ia morrer, quebrar o pescoço na saída. E não, ele escorregou pelo buraco rasgado da mãe e viveu. Todos se admiraram. A vaca lambeu o filhote e ninguém sabia se ele iria resistir até a manhã seguinte, e agora está por aí, uma novilha farta. As tetas da vaca explodiam de leite, a bezerrinha não dava conta. Ele apertava e a teta logo se enchia de novo, a vaca agradecia, ficava quieta enquanto o leite caía no balde, melava as mãos de Felício. Lembra do corpo de Rosa se arredondando: peito, dorso e anca. A barriga de Rosa, os peitos de Rosa nos lábios da filha pequena, sugando, e os olhos de Rosa. Os olhos de Rosa gozavam. Lembra do leite escorrendo do úbere de Rosa e escorrendo dos lábios entreabertos de Isadora.

Ω   O ar tremula entre ele e ela, o espaço e o som se comprimem entre o homem e a mulher. Tem que ser caracol, ele pensa, um pouco pedra, quase nada. Preciso ser o calor que a faz suar, o pó que ela pisa, ele precisa ser o desejo dela andando, chegando, alguma coisa, pedra ou pasto, uma coisa que ela pense que é ela.

Δ   Um espaço cada vez maior se abre com ela e o tronco solitário no meio: o pasto é extenso, e a ele, para além das cercas, unem-se terras sem fim, o mundo começa a existir maior. O mundo expandiu-se, ainda se expande, e ela permanece cada vez menor em seu centro. Isadora fica quieta, atenta como uma passarinha que ouve o roçar de uma cobra ao longe, uma formiga que ouve a pata de um louva-a-deus a dobrar a folha de capim. Isadora sabe exatamente o tamanho e a forma de tudo que pertence ao seu corpo, o formato da mecha empoeirada de cabelo que se gruda no rosto, ela mensura o espaço à volta, não todo ele, o próximo o suficiente para esconder quem possa atacá-la. Não há ninguém nem nada. Aconteceu de uma hora para outra, o vazio cercando-a, um vazio cheio de perigo e ela sem ter para onde fugir. O pio da coruja faz seu coração saltar. Parece infinita a distância entre o tronco morto no meio do pasto e o início da mata, com sua cerca de arames velhos. E na mata não será pior? Uma mata cheia do que ela é agora, depois que se lembrou do medo de estar sozinha no meio da noite?

O pensamento rodopiante de Isadora para. Um som, tloc.

ß   Felício lembra-se de um morcego velho desdentado que ficou um tempo no teto de palha da varanda. Quem sabe era surdo também. No chão, aparas de fumo escuro. Felício fecha os olhos e cochila, ronca. Acorda, chupa um filete de baba e limpa os dentes com a língua. Ouve Rosa dançando pela sala, depois ela com a mala na mão dizendo que a filha seria feliz porque tinha um pai bom. Felício pigarreia fundo e cospe, limpa a boca com o dorso da mão veiuda. Pensa na filha como se não fosse dele, não fosse com ele. Pensa na fenda rosada de Isadora com seus pelos macios.

Ω   A lâmina do canivete brilha na luz da lua, entra macia no rolo escuro de fumo, na palma da mão o rolete úmido se parte em rodelas, os dedos sabem fazer o trabalho fino, desfiar e depois apertar, a boca e a língua vermelha sabem lamber e selar. O homem prende o cigarro entre os dentes, gira a pedra do isqueiro, tloc, aproxima a chama e puxa com força, a palha queima e a chama transforma-se em brasa, ele puxa fundo, a brasa cresce, ele infla o pulmão, solta devagar a fumaça. Agachado ele rabisca a terra e antecipa suas mãos na perna da moça; a mão caminha, caminha devagar. Puxa novamente o fumo e brinca com a fumaça dentro da boca.

Δ   Isadora olha a sombra do homem que se levanta e chega, a brasa do cigarro o antecipa. Isadora sente frio e diz: noite. A sombra é de um homem desconhecido, ela sabe o que é: um homem desconhecido, o coração passa para outro medo, menor, é um homem desconhecido, eu sei o que é, é um homem desconhecido: noite, ela diz baixinho.

Os lábios vermelhos dele se movimentam, Isadora acalma as batidas do seu coração chupando devagar o pulso esfolado, suc-suc; sente o olhar do homem em seu pescoço. Ela se afasta devagar: até, vou para casa.

ß   Um homem com histórias pequenas, a bezerra, a seca, mais nada. Com Rosa foi a mesma coisa, um homem velho. Sempre a mesma coisa, a mesma coisa, a mesma coisa, embala-se Felício, deixando a cadeira balançar devagar, a mesma coisa, a mesma noite, na mesma cadeira, a cadeira na mesma varanda, a varanda dentro da mesma noite. Felício faz um som de sapo ao coçar a garganta.

Ω   Ele joga o cigarro no chão e o amassa com o pé: até a volta.

Δ   O homem desconhecido ficou para trás, nenhum bicho virá daí para atacá-la, o homem desconhecido cuida do que fica para trás. À frente Isadora sabe o caminho até a varanda do sítio do pai. A mata é pequena.

ß   O morcego morreu. Felício funga.

4. Canção de Isadora

pasto pouco
pouco que a fome

pasto nada
nada que a fome

pasto barriga
fome de boi (vaca)

vaca, eu,
rumino

cabelos e olhos
braços e pernas
sal e pó

cheia de fome, eu,
cheia de pelos

no centro dos meus pelos,
minha fome,
cresce água e capim

no centro dos teus pelos,
(rumino)
minha fome
cresce

5

CHOVE E O DINHEIRO DO MARIDO

Um canteiro de terra escura à espera de mudas de amor-perfeito bordeja o muro de granito. Ela dormita na espreguiçadeira; a grade da piscina é recoberta de roseiras pequenas. Um sol inconstante aquece a manhã carioca, seus raios refletidos na água limpa brincam no rosto de Matrena.

Com botinas de borracha azul, Lucas leva seixos das margens do caminho para o balde e os traz de volta. O andar capenga de menino de um ano e meio é persistente, seu rosto corado de frio concentra-se no serviço: um passo, outro passo, mais um e pof, a fralda amortece o tombo. Ele se levanta e volta a andar, na beira do caminho ele se abaixa, escolhe a pedra entre as pedras, pega, levanta-se, passo após passo, agacha-se e solta a pedra dentro do pequeno balde de metal, seus olhinhos acompanham a queda e piscam ao som do baque. Tudo é atenção. Barulho dos seixos batendo-se no balde vermelho. Lucas apanha uma das pedras, levanta-se e inicia o caminho de volta. No tanque de granito cinza, o movimento dos peixinhos vermelhos brilha sob o sol oblíquo, Lucas para, inclina-se sobre a borda e, devagar, abre a mão gorducha deixando a pedra sumir na água escura. Círculos concêntricos movimentam a luz do dia dentro do tanque e desaparecem, os peixes nadam pra lá e pra cá. A mãozinha do menino aumenta, aumenta e some, tchibum, atrás do movimento vermelho.

Lucas está imundo, cheio de terra e com o braço encharcado. O nariz vermelhinho e escorrendo, na boca um sorriso maroto, olha a mãe, feliz por tê-la acordado. Matrena escorrega-se da espreguiçadeira e, engatinhando lentamente, chega, lambe, mordisca e abraça o filho. Com cócegas e carinhos e grunhidos os dois rolam na grama orvalhada.

— Ai, ai, ai que delícia. Que coisinha mais linda. Quem é o filhote mais querido e sujinho do mundo? Meu lindo, lindinho, linduco. Hum, meu quentinho, fica aqui perto da mãe.

Lucas ri e tenta se livrar do carinho da mamãe gata. Matrena solta-o, ele sai correndo, rindo e olhando para trás. Um vazio gela o coração da mãe.

Como ele é bonito, meu Deus, que menino lindo.

E longe. O filho, a casa, o marido longe e muito longe, fora do alcance de seus braços sem força. A mulher distante até mesmo de sua solidão. "A mulher distante", a expressão reverbera na mente de Matrena com suas seis sílabas chocando-se claras, "a mulher distante, a mulher distante, a mulher". O trinado da campainha a traz de volta.

O marceneiro, só pode ser ele! Não desenhei nada, sequer pensei. O que eu preciso? O armário vai ser de fórmica. Não posso esquecer os ganchinhos para as xícaras de café. Prateleiras estreitas para não acumular trastes no fundo. Na lavanderia, madeira clara.

— Dona Matrena, o marceneiro chegou.

— Já vou. Fica aqui olhando o Lucas, é melhor dar um banho nele. Ele está ensopado.

Reprovação, claro, está estampada no rosto da babá, "coitadinho, vai pegar um resfriado". Ela precisa dormir.

— Bom dia, seu Joaquim, tudo bem?

— Bom dia, dona Matrena, vai-se vivendo.

Ele é branco e gordo, o rosto muito vermelho, sua como um cardíaco. Tira um lenço do bolso e enxuga o suor da testa. Depois de pago o sinal, é esperar e esperar o homem vermelho entregar a encomenda. Quando entrega, o móvel é sempre da melhor qualidade, da melhor qualidade, não há igual na cidade, com certeza não há igual; nem tão caro. O problema é o tempo e o dinheiro; deveria ser.

Não sei lidar com meu tempo, nem com o dinheiro do meu marido.

Do jardim até a lavanderia nos fundos, Matrena e o marceneiro passam pelo lugar das latas de lixo, pelo cheiro e o barulho da cozinha.

Hoje o corredor de serviço está limpo. Para ser justa, ele anda limpo já há algum tempo, desde a entrada de Carmem. Não há musgos nem gosmas de papel ou cascas de laranja pisadas. Ainda assim, os cheiros.

— Por aqui, seu Joaquim. Agora nós precisaremos mexer na lavanderia. — Cheiro de cloro, pinho sol, sabão em pó e passe bem. — Depois tem a cozinha. — Café fresco, sapólio, bom bril amarrotado e velho. — Na verdade aqui na lavanderia eu não preciso bem de um armário, são mais umas prateleiras com algumas partes fechadas só com tela. Esse lugar é tão úmido, talvez seja melhor fazer umas estantes de pedra, ou cimento. Na verdade.

Pedra, cimento e um marceneiro. Por que chamei esse homem aqui?

— Dona Matrena, pedra e cimento ocupam muito espaço. Com um revestimento de fórmica e madeira bem seca podemos fazer esse armário. Para que a senhora vai usá-lo?

— Pensei em um lugar para guardar o material de limpeza da lavanderia, um para colocar a cesta com a roupa suja, outro para o cesto com roupas para passar e um para as bandejas com a roupa limpa.

Carmem interrompe a patroa.

— Dona Matrena, isso não vai dar certo. O cesto com roupa suja tem que ficar aqui do meu lado, para que ficar trancado num armário? E depois, a roupa passada eu guardo todo fim de dia, não precisa de um lugar para ela.

Carmem, Carmem, Carmenzita, você quer então dizer ao seu Joaquim por que ficou me atazanando a semana toda, meses sem fim dizendo que precisava de um armário? Ela tem toda razão. Para quê?

— O que eu preciso — prossegue Carmem — é de um lugar para ir dependurando as camisas e as toalhas de mesa. Um outro para minha cesta e minha máquina de costura. Umas prateleiras fundas para os produtos que eu uso. É isso.

Matrena resolve que, entende que, determina que hoje não. O corpo de Matrena começa a ficar frio, suor nas mãos frias, os lábios arroxeiam. Morena e corada, Matrena esfrega seu braço esquerdo com a mão direita espantando o frio que não há; gostaria do roxo nos lábios.

— Olhe, seu Joaquim, preciso pensar melhor, conversar com a Carmem. Eu vou tirar esses armários velhos daí e depois fazer o desenho do novo com calma. — Pausa cansada. — Eu ainda estou lhe devendo a parcela final dos armários dos quartos, não é?

— É, mas dá para planejar o armário novo mesmo com esse outro aí. Pode-se tirar a medida pela parede.

Perfeitamente, claro que se pode, na vida sempre se pode. Pode-se até mais, pode-se o armário da copa, com os ganchinhos e as prateleiras estreitas, pode-se, seu Joaquim. Chamei o senhor até aqui, eu, uma mulher que da vida só quer o sono, e o senhor, um homem, e um homem ocupado, trabalhador vermelho, que tira o sustento da família com o suor do seu rosto, eu chamei o senhor só para pegar um cheque que poderia ter depositado na sua conta. É assim, por que não entende?

De dentro de Matrena brota a voz do marido: querida, não se preocupe, o tempo que ele gasta com as suas indecisões, meu amor, está incluso na conta que eu pago, o seu problema não é o tempo dele, esse ele sabe cobrar, o seu problema deveria ser o meu dinheiro.

Suspiro fundo, Matrena baixa a cabeça, eu estou doente, preciso de cuidados.

— O senhor me desculpe tê-lo chamado. — Sua voz é seca. — Eu telefono para o senhor após fazer o desenho do novo armário.

Seu Joaquim cara emburrada, seu Joaquim cara emburrada, seu Joaquim cara emburrada. É isso, ossos do ofício.

Meu dinheiro, Matrena, meu dinheiro torna o ofício leve.

— Quanto lhe devo?

Já sentada na banqueta da mesa de passar, talão de cheque aberto, caneta na mão.

— Cinquenta.

Cinquenta mil cruzeiros, já não me lembro mais se. Eram cinquenta? Quanto eu já paguei de sinal? Faz tanto tempo. Ele diz que faltam cinquenta, ele vai embora se eu pagar cinquenta, devem ser cinquenta, cinquenta mil cruzeiros, ou cruzados, cruzados novos ou mil réis. Cinquenta dinares, rúpias, cinquenta conchas de uma praia mesopotâmica, cinquenta dentes de jumento. Cinquenta dias do meu amor.

— Aqui está, seu Joaquim, semana que vem eu ligo.

Matrena entrega o cheque.

— Muito obrigado, eu aguardo.

Ar ostensivo de enfado, embolsa o dinheiro do marido e vai-se. Eu preciso respirar.

Passa pela cozinha, Carmem pica cenoura. Cheiro de galinha cozida. Detesto galinha, não gosto que piquem a cenoura em pedaços tão pequenos, fica mole.

Pensamentos e cheiros ruins, enjoo no estômago. O que realmente incomoda, a galinha, a cenoura, Carmem, a cozinha? Tudo. Tudo que depende da mulher é ruim. "A inútil mulher, nada pode depender da inútil mulher, a mulher, tudo é ruim; a mulher, a mulher, a mulher", ressoa, reboa, retumba e lateja sem fim na caixa craniana da mulher cansada.

Quero um quarto branco, lençóis claros e ar fresco. Eu recostada no espaldar da cama, o cabelo solto sobre os travesseiros. Como ela é bela, pensam todos ao ver meu rosto jovem, muito jovem, antes de. Visitas, cuidados, movimentos à minha volta, e eu meio dopada. Trazem-me água fresca em copo de cristal, bebo devagar semicerrando meus olhos de cílios longos. Oferecem-me chocolates que recuso com um sinal cansado de minhas mãos delicadas (desde o jardim da infância a inveja das mãos e gestos delicados, afetados, peles brancas, louca de vontade de conseguir recusar chocolate; minhas mãos ossudas, meus cílios curtos e eu, eu queria tanto ser inapetente, ter hepatite). Todos me querem bem, cuidam de mim, e eu estou doente. Sinto o vento fresco que entra através do tule das cortinas no meu rosto. Alguém me acaricia os cabelos e cochicha:

— Tudo vai dar certo.

As pessoas saem, o silêncio entra junto com a luz tênue do pôr do sol e um cheiro de madressilva.

Lá fora começou a chover. Chove, chove, chove. Há séculos que chove, o mundo está cansado, encolhendo. A pele da ponta dos meus dedos engruvinha-se na água quente da banheira, submerjo no tédio quente da banheira. O barulho da porta se abrindo vence a camada de água.

— Querida, cheguei.

LOLA E NINA

Era uma velha sensata e generosa. Cansou. Não queria mais nada. Pouco saía de casa, pouco comia e já quase não escutava. Diminuíra. Ela, que nunca fora alta, encurvara-se e emagrecera. Um pedacinho de coisa branca e velha. Os filhos contrataram uma enfermeira que também cozinhava e limpava a pouca sujeira que as duas faziam.

Nina, a enfermeira, tinha quarenta anos, era calma e boa. Aproveitava o tempo livre para costurar. Não podemos dizer que se dessem bem, pois Lola, a velha, já não se dava e pouco absorvia do que houvesse a receber.

Moravam em um apartamento grande o bastante para as duas. A enfermeira ficava na copa com sua máquina de costura e seus panos. Fosse uns anos atrás, Lola não suportaria o matraquear da máquina, agora gostava. A vibração do som constante trazia-lhe lembranças de viagens de trem antigas, menos que imagens e certamente nada de histórias, apenas a sensação de estar em um banco estofado, a paisagem e a claridade mudando lá fora.

Para Lola, professora de piano por cinquenta anos, os sons sempre foram carregados de sentimentos. Ela nunca conseguira ser amiga de pessoas com a voz muito aguda, ou com a fala por demais arrastada. Ao ouvir os sons da rua, sabia a temperatura e a umidade do dia. Modulação, timbre, altura e ritmo foram os seus instrumentos para ver o mundo. Perdera essa faculdade, não desenvolvera outras, pouco sentido restara na vida.

Nina era forte e negra. Todos olhavam com curiosidade o par que passeava na rua nas manhãs sem chuva. Para Lola esse contraste nada significava; Nina, no braço sólido e macio de quem se apoiava, sabia ser lenta e silenciosa. No quarteirão pequeno, sempre as mesmas árvores floridas eram notadas e nomeadas por Lola. Como as estações demoram a passar, durante meses, todas as manhãs, as mesmas palavras eram trocadas entre as duas. "Veja, Nina, o ipê-amarelo floriu." "Hum, hum", respondia Nina, em um tom grave e melodioso. "Nina, olhe as azaleias, que beleza." "Hum, hum." Dois, três meses seguidos, as mesmas poucas frases. Com a mudança de estação, os substantivos mudavam, o ipê e as azaleias davam lugar ao jacarandá-mimoso, à sibipiruna e à tipuana, depois ao flamboyant e à acácia.

As flores do resedá caíram, colorindo as calçadas de rosa, e Lola cansou também de falar. Apenas parava e olhava demoradamente cada uma das árvores, com o mesmo espanto nostálgico. Os sonos ficaram compridos e a comida, a cada dia, mais rala.

No apartamento, quando não estava dormindo, Lola sentava-se em sua poltrona à frente da janela e ficava horas observando o vento balançar a cortina de crepe azul. Nina não sabia, mas aquele crepe acompanhava Lola há muitos anos, na casa grande, na pequena e, agora, no apartamento. Lola nunca lhe prestara maior atenção, não era de associar coisas a afetos, o crepe veio junto porque veio, podia servir, e acabou achando seu lugar nas janelas de suas casas. Agora estava desbotado e manchado, azul-claro em algumas zonas, escuro em outras, desfiava na bainha, e em vários lugares o tecido havia esgarçado, deixando a luz do sol passar de maneira diferente por cada centímetro de pano.

Lola imaginava o som do vento no crepe. Pensava na composição feliz de peso e maleabilidade que o crepe possui, deixando-se estufar para depois voar arrebitado, criando uma dança a cada momento original. Refletia também sobre a textura atual do tecido. Encontros com o sol, o vento e a água de quantas lavagens já sofrera deram ao pano uma história que o fazia soar de modo pessoal. O meu crepe, sorria Lola. Compusera, dia após dia, uma melodia que murmurava para si mesma enquanto acompanhava a dança do vento com o crepe.

Nina sabia que a velhinha estava próxima do fim, aceitava, mas não aguentava imaginar que ela sofria. Não havia muito o que fazer, mas esse pouco ela faria. Se a audição da velha já não mais existia, Nina sabia que sua visão continuava boa o suficiente para encantá-la a cada nova florada. Ouvindo-a murmurar em frente à janela, imaginou o sofrimento que uma senhora sempre tão atenta à beleza do mundo e seus detalhes sentia ao ver em casa um trapo encolhido e disforme como aquela cortina velha. Nina comprou com seu próprio dinheiro uma peça de crepe azul e costurou uma cortina nova. Enquanto Lola dormia, ela trocou os crepes.

Ontem a velha sentou-se devagar na poltrona, amparada pelos braços amigos da enfermeira. Recostou a cabeça em sua almofada, fechou os olhos para recuperar-se do esforço. Nina foi até a cozinha buscar a bandeja com o copo de água e os remédios da tarde e, quando voltou, Lola não respirava mais.

UM POUCO FELIZ, DE NOITE

Ele não morreu nem foi embora. Mora aqui do lado por causa das crianças, ele diz.

Ele mora aqui do lado, ouço seus passos, vejo quando chega do trabalho, o barulho do elevador quando sai para o trabalho de terno. Ele leva as crianças para a escola, ouço a campainha, beijo as crianças na sala, e elas vão embora com ele.

Arranco a pele fina e ainda não completamente morta dos meus lábios, eles ardem, a pressão das unhas deixa marcas passageiras na palma da minha mão. Depois de as crianças saírem com ele para a escola, eu ligo a televisão, tomo banho e o som dos programas matinais chega debaixo da água morna do chuveiro. Me enxugo e me visto na sala em frente à televisão ligada em algum programa de culinária ou de aconselhamentos domésticos. O apartamento é pequeno, talvez o homem do outro prédio me veja pela janela ou a mulher que já começou a faxina. O que não é bom nem ruim, que eles me vejam, que eles talvez me vejam pelada. De manhã tenho preguiça de pensar e de me prevenir, fechar a veneziana. Depois, se fecho, o apartamento fica escuro e a tristeza aumenta, quase não consigo me mexer, e preciso sair para o trabalho.

O quarto das crianças é o maior, elas dormem lá pelas dez, eu encosto a porta do quarto delas, ligo a televisão baixinho, deito no sofá e assisto aos filmes da noite; mudo de canal, não consigo pegar nenhum filme do começo e quase nunca chego ao fim. Gosto das notícias internacionais, principalmente grandes temporais, acidentes e terremotos. Não sou sádica nem nada, sou do tipo que chora à toa. Acho que gosto de ver as coisas fora do lugar, um ônibus escolar retorcido, de ponta-cabeça, as janelas quebradas. Ou a terra aparecendo sob o asfalto, nos tremores de terra, uma casa torta, na diagonal e ainda com o telhado e as paredes em ordem, como se tivesse sido construída torta. Nas cenas de vendavais, gosto dos homens andando curvos nas ruas com o guarda-chuva revirado e o paletó balançando como asas, eles andam com a cabeça à frente furando o vento, os galhos das árvores balançam com força, e sabemos que um poste de energia elétrica pode cair a qualquer momento. Em outra cena as ruas vazias e telhados de zinco arrancados saem voando como facas. Não sei por que gosto tanto disso.

Também dos programas americanos em que uma equipe de profissionais muda a vida de uma pessoa. Não da parte da cirurgia plástica, não gosto de sangue nem da naturalidade do médico falando sobre cortar o nariz, serrar o osso, descolar a pele dos músculos para puxá-la, soa falso. Não tanto a calma do médico, é a profissão dele, mas a naturalidade da entrevistadora, ou do entrevistador, o longo tempo que temos que ouvir detalhes da cirurgia, como se não fosse assustador. Eu gosto quando a equipe entra no apartamento e muda tudo de lugar conforme o desejo da pessoa, o que ela diz que quer e o que não quer mais ser, muda também seu modo de se vestir, o corte de cabelo, ensina a cozinhar. Porque é isso o que as pessoas sempre desejaram, e se inscreveram no programa por causa desse desejo e da sua incapacidade de realizá-lo. O mesmo caso do programa que ajuda a pessoa a emagrecer, faz cirurgia plástica, compra roupas para ela, leva no dermatologista. Não gosto tanto do processo todo, por isso fico mudando de canal enquanto ele acontece, eu gosto é do antes e do depois, principalmente do depois. Sempre tem o reencontro com o grande amor da vida e sempre tenho a certeza de que não vai dar certo. Não vai dar certo, nem para eles, nem para ninguém. Eu quase choro.

Com o controle nas mãos me distraio, mudo de canal e fico até de madrugada.

Quando ouço barulhos no apartamento dele, mordo as pedras de gelo do copo vazio, começo a andar cantarolando, arrasto meus pés no carpete fazendo um chiado alto, vou até a cozinha, tomo um copo de água com goles grandes, abafando os barulhos dele. Volto para a televisão e, em pouco tempo, dependendo também do tanto de uísque que bebi, consigo não prestar mais atenção nos barulhos dele, nem ouço mais. Fica dentro da minha cabeça, é verdade, um fio de pensamento por detrás dos filmes. Nem sei direito que pensamentos são, de morte, assassinato, é possível, outras vezes penso que devem ser de sexo, porque acontece de, no meio de uma cena inocente ou triste, o menino pequeno, carequinha e pálido, morrendo de câncer em um hospital americano, olhando para a mãe e dizendo, não se preocupe mãezinha, eu vou em paz, e fechando os olhinhos azuis, eu ficar excitada.

Depois eu desligo a televisão e vou para a cama. Debaixo das cobertas, antes de dormir, antes de o sono chegar, eu penso nas maneiras que poderia usar para me matar, na culpa que ele sentiria, ou nas maneiras como ele poderia morrer acidentalmente, como escorregar em uma casca de banana, bater a cabeça no meio-fio e pronto, foi-se. Ou assassinado. Quando penso nisso, de madrugada, não fico triste nem emocionada, são só fantasias, embalam meu sono e durmo apaziguada.

De manhã o desespero sincero volta. Em frente ao programa de culinária, pelada e com as janelas abertas, sou tomada pelo desejo real de morrer e matar. Não penso na maneira, porque agora é sério.

Se conseguisse me mudar, ir para longe dele, as coisas ficariam menos ruins. Ele fez questão de alugar o apartamento ao lado por causa das crianças, ele diz. O apartamento em que moro é de nós dois, se eu vendesse, a metade do dinheiro seria dele e não sobraria o suficiente para eu comprar uma casa razoável onde morar com as crianças. Se fosse só eu, poderia ir para um apartamento menor, ajeitar a casa mais do meu jeito, ter sempre as minhas coisas arrumadas, sem bagunça de casacos, tênis e brinquedos, eu saberia onde encontrar minha escova de cabelo e a tesourinha de unha.

Mas tem as crianças, não seria justo com elas ir morar em um apartamento menor, e ele poderia argumentar que tem mais condições de cuidar delas, e o juiz resolver que a guarda tem que ser dele. Que não faço direito, quero ser independente e não penso nelas, só na minha felicidade. Que na verdade não suporto as crianças, não sou capaz de manter uma rotina, ajudá-las a fazer o dever de casa, limpar as lancheiras e preparar um lanche saudável para elas levarem para a escola, que sempre mando salgadinhos de supermercado e refrigerante. Que desconto nas crianças a raiva que sinto dele, que invejo a liberdade dele e, já que é assim, ele argumentaria, ele é que deve cuidar das crianças, e então eu seria livre como quero ser, como eu gostaria de ser, ele diz, ele dirá ao juiz. E não é verdade.

Ele sabe que me enlouquece com seus barulhos noturnos, o barulho dos seus sapatos junto com passos femininos.

Com sua pontualidade matinal, a pele fresca e sem olheiras de noites mal dormidas. É um plano para me enlouquecer, para que eu cometa uma loucura, para que eu jogue os bilhetinhos das professoras cobrando a cartolina branca que todos já levaram menos o meu filho para fazer o cartaz sobre a Mata Atlântica ou qualquer porcaria dessas, as lancheiras, os refrigerantes e as crianças daqui, do sétimo andar deste prédio maldito, e daqui de cima assista à catástrofe de ossos, músculos e salgadinhos de supermercado destroçados e fora do lugar.

Ele finge não saber que se eu abrisse mão da guarda das crianças — dos meus pequenos tão queridos que choro só de pensar que não poderia beijá-los de madrugada, quando eles dormem e parecem dois anjos, e o meu pânico e a minha tristeza sossegam quando, com o rosto molhado de lágrimas, eu posso beijá-los e sentir o cheiro (meu Deus, o cheiro, o cheiro manso, o cheiro dos meus pequenos, como dizer?) e o quentinho da pele macia do rosto deles e sair do quarto sem fazer barulho —, que se eu perdesse meus filhos, eu não seria livre, eu seria nada.

O que ele não sabe é que, de noite, eu posso beijar meus pequenos.

6

ZEZÉ SUSSUARANA

para Flor, do Cipó, Natalia Ginzburg, de Palermo,
e para Roberto, de Urupês e do meu coração

1

A fogueira ardia no alto do morro e o fogo no céu. Não era ainda dia de Sant'Anna, mas Sussuarana ia partir antes, tinha de ir, então fizemos a fogueira na noite de véspera. Coisa pequena, da nossa gente. Teve cantoria, saudamos os santos e Sant'Anna junto, para ele ver como era, era uma noite fria. Já faz quase um mês que ele se foi. Na noite seguinte foi a festa verdadeira, com o povo todo, do lado de lá do rio. Festa grande, com procissão, padre e dança para nossa padroeira. Mas ele não podia esperar, não sei por quê, mas não podia, então concordamos entre nós do Campo Redondo e fizemos. A santa não ia se importar, disse a Vó, porque era de coração e a devoção de cada um não tem que seguir o calendário para ser sincera, essa é a verdade, ela disse.

Acordamos que estava bem assim. Não fui eu que pedi, ele menos ainda. Quando vi, já estava tudo adiantado, eu separando grão, limpando milho, Zezé preparando o mastro e cada um fazendo o seu, sabendo que ia ser de véspera, e nem quem fala muito falou nada. Não teve controvérsia, a Vó fez de um jeito que parecia que sempre tinha sido. E não é dizer que é assim todo dia, até o contrário. Desde que Vô Benedito morreu é a Vó quem manda, acontece que o jeito dela mandar é não mandar, ela deixa acontecer. Por isso tem discussão, desavença por coisa pequena, gente que fala dos antigos e de como sempre foi, mas que não estava lá para saber se era mesmo assim, gente que fala e daí?, agora é agora e a gente pode mudar o que já não é mais. E a Vó ouve, sai de perto, vai torrar castanha, quando volta a coisa já pendeu para um lado e o resolvido fica sendo a palavra dela, ninguém mais fala no assunto. A Voinha, minha avó, mãe de minha mãe e filha de Vó, sempre tem opinião, sabe da tradição porque é a filha mais velha, ouviu as histórias de Vô Benedito, das irmãs e primas de Vó e Vô. Ajudou a criar os menores dentro do que as tias velhas diziam, sabe pedaços da língua antiga, as músicas, rezas e danças. Isso todos nós sabemos, mas ela explica e diz dos motivos. A Vó por certo sabe também, mas não é de falar. O Voinho, pai de minha mãe e sobrinho de Vó, faz tudo de acordo com a tradição, conhece cada folha, cada raiz, nome de pau e erva, faz remédio e conta histórias antigas, de tempos idos e terminados, ri aberto e não põe reparo em quem faz diferente, se o homem é trabalhador é o que conta.

A verdade é que de trabalhador sobramos poucos. A vida é dura, e o povo, logo que cresce, vai-se embora. Quem volta é porque não deu certo, volta triste e sem força. Ou volta como minha mãe, para deixar os filhos e some de novo, manda dinheiro de vez em quando. Fui criada pela família. Aqui é tudo misturado, muita criança solta se embolando pelas casas, brincando nas ruas e matos, mas cada uma sabe para que casa voltar quando escurece, e eu não sabia. Meu irmão menor, Quincas, que chegou bebê e era a cor e a cara de Vô Benedito, ficou com Voinha, nossa avó, como filho dela. Comigo não foi assim, vivia um pouco na casa de cada um, e a Vó só olhando para que não me faltasse um teto, um chão e um prato de comida a cada noite. Acho que porque eu não era a cara nem a cor de ninguém, penso também que foi assim de modo a castigar minha mãe, não assumir o fardo que era primeiro dela e deixar de exemplo às moças novas uma menina vagando sem pouso certo. Com sete anos, quando já podia trabalhar direito, fui morar com Vó, porque ela estava ficando velha e não podia mais com a lida de seu canto que era de todos, assim como eu.

Ia para a escola de manhã junto com os primos, alguns ficavam pelo caminho, era quase uma hora de caminhada para ir e outra para voltar, raro o dia em que chegava a turma toda. Uns ficavam pescando, outros fazendo nada. A professora era uma só para todas as turmas e mudava muito, em dia de chuva e barro nas estradas, ela faltava e quando era transferida para um lugar melhor, demorava a aparecer a professora nova. Mesmo assim eu gostava e ensinava aos meus primos. Passava lição, tomava a tabuada, ajudava cada um a entender e nenhum de nós fazia feio.

Esse moço que veio aqui e faz mais de um mês que se foi era pesquisador. Ele gostou de mim e eu gostei dele, não foi assim no começo e no fim eu não sei. Ele não vai voltar. Ele é do jeito que gosta de todo mundo, gosta muito, com o coração inteiro. Quando estava com Vó, podia chegar quem fosse que ele nem notava. Eu conheço o pessoal da Capital, morei lá por dois anos para terminar meu curso de licenciatura, sei como eles olham para a gente do interior. Não é que não tenha gente boa, tem como em qualquer lugar, eu conheci poucas.

Ele era diferente das pessoas da Capital e diferente de nós. Ele queria ser o que ele olhava, queria ser tudo, uma coisa de cada vez. Por isso eu pensei que ele gostava da gente.

2

Para mim começou aqui, com as professoras eu aprendi a falar a língua-padrão, a língua geral do Brasil. Depois, no ginásio, só eu e minha prima Iraci seguimos nos estudos. Tinha que pegar ônibus, ir para a cidade, os tios achavam que não valia o esforço. Dona Irene, nossa última professora da escola rural, insistiu com Vó para que pelo menos eu prosseguisse. A Vó concordou, eu tinha cabeça para a coisa e não ia ser tempo jogado fora, ela disse, mas sozinha não era certo. Meu primo Zezé queria ir junto, a gente era muito grudado, como até agora a gente era, ele aprendia fácil, gostava de andar na mata e de caçar, mas da lavoura não, naquele tempo ele queria seguir seu caminho fora daqui. É o único filho homem no meio de seis meninas, o pai não deixou. Meu irmão Quincas, que gostava de ler, sempre foi avoado mas tinha tino e gosto em aprender, também não podia porque era o xodó de Voinha e Voinho, estava sendo educado para dar prosseguimento às coisas da família e a cidade podia pôr a tradição a perder. Iraci era engraçada, zombeteira, detestava estudar, mas como não tinha paciência para mais nada de sério, acharam que não faria falta se fosse comigo. Dona Irene arrumou vaga no grupo escolar de Japoti. O tempo era igual, uma hora de ônibus na ida, outra na volta, o dinheiro da passagem é que era difícil. Seu Onório, parente de tio Rui, o pai de Iraci, tinha um caminhão que ia para lá todo dia de madrugada levar o leite dos sítios e voltava de tardinha. Foi o jeito, chegávamos com o sol nascendo e tínhamos que esperar duas horas até o grupo abrir; na saída comíamos o farnel que Vó ajeitava e ficávamos fazendo hora até seu Onório voltar.

Eu já falava certo, gostava das professoras, queria ser como elas. A Iraci queria namorar os meninos de Japoti e, no fim, não ficou nem com o modo de falar da família, nem com o português da escola, ficou com o jeito dos meninos de Japoti. O pesquisador que veio aqui é brasileiro filho de pai russo, ele acha que é por isso o seu interesse no jeito de falar de cada lugar. Não conheci meu pai, sei que nasci fora do estado e só com três anos cheguei na minha casa. Talvez fosse um estrangeiro, porque minha Vó diz que cheguei falando umas palavras que ninguém entendia. Ele não veio junto me trazer de volta, nem minha mãe contou nada dele. Não sei se conheci meu pai, ou se minha mãe sabe quem ele é. Foi quando ele falou sobre ser um pouco estrangeiro e gostar de pesquisar línguas que eu comecei a pensar que fiz isso minha vida toda. Quando cheguei em Japoti, fiquei uma semana quieta, e quando falei, já foi como a gente de lá. Na Capital foi a mesma coisa. Em casa falo como se fala em casa.

Para Iraci não era tão fácil, talvez porque ela nasceu aqui mesmo. O jeito de ela imitar os meninos era engraçado e eles gostavam. Já era bonita, dois anos mais velha que eu, tinha peito e bunda. Ela não podia repetir de ano nem ficar de recuperação, senão adeus escola para mim também. Brigar não adiantava, ensinar também não. Inventávamos lugares e modos secretos para colocar as colas, nisso ela era boa, e quando não dava tempo, eu conseguia imitar a letra dela e fazia duas provas no tempo de uma, cuidando para errar um pouquinho na prova dela.

Com Iraci aprendi a namorar, beijar de língua e entendi que língua a gente aprende. Eu aprendia sem saber que aprendia, ia pegando o jeito do outro, notando as diferenças, e as palavras saíam iguais. Com ela saía tudo um pouco diferente, que nem com Sussuarana, o moço russo. Todas as letras pronunciadas muito igualzinho a todo mundo, sem um jeito próprio da pessoa mesmo, fica uma língua do lugar e não da pessoa. O beijo de língua ela me ensinou no banheiro da escola, atrás dos muros, e em outros lugares. E o beijo dela era mais gostoso que o dos meninos, ela já saía com rapazes maiores, eu só saía com uns sem muita ousadia, porque eu era magrinha, sem peito, e um pouco tímida. Iraci me mostrava o que ia aprendendo e eu ensinava aos meninos.

Só com Zezé que não, porque com ele era sério e não uma brincadeira. Eu gostava dele e ele gostava de mim, por isso era diferente, havia um compromisso. Nem nos dois anos da Capital eu senti a mesma coisa por alguém. Eu falo no passado porque agora, depois de Sussuarana, o moço que foi embora, eu não sei o que será de nós. Era uma coisa nossa, daqui de dentro, e sendo de dentro era separado dos outros, até de Vó, porque a continuação somos nós, Zezé e eu, e Vó sabe disso. Zezé nunca agarrou com força o meu peito, nem pôs as mãos no meio das minhas pernas como a Iraci já fez, quando éramos meninas, e outros homens fizeram, como o moço russo também não fez nem nunca mais vai fazer, eu sei. Porque quando o coração bate forte e eu fico vermelha e quente é mais difícil. É gostoso ser difícil e não acontecer nada disso, mesmo que a minha vontade seja grande, eu sei que no dia certo acontece, acontecerá, eu pensava.

Voltei da Capital porque sempre foi isso que eu quis ser, professora de Campo Redondo e redondezas. Aprender para ensinar meus camaradas. Nunca quis ser diferente, não pensei em ficar por lá. Gosto das outras pessoas, não lhes quero mal, mas não sou eu quando estou lá. Até gosto, até gostei de sair um pouco, de estudar, namorar, e talvez um dia eu volte para a Capital para estudar outras coisas, mas eu sou daqui. Sussuarana disse que eu não sou daqui do mesmo modo que meus primos são, e hoje eu não sei mais quem está errado e quem está certo.

3

Ele é alto, magro, curvo e branco. Quase amarelo, por causa do sol na sua pele, da barba e dos cabelos claros. Seus olhos são cor de mel, como os de um gato. Parece fraco, não porque lhe falte força, é que lhe falta carne e sobram ossos. Por isso, acho que mesmo antes de acabar o primeiro dia, ele já tinha virado Sussuarana para os meninos pequenos, e depois para todo mundo.

A supervisora de ensino me ligou e disse que um linguista estava pesquisando as falas da região e queria conhecer uma comunidade antiga como a nossa, se era possível eu ajudar. "Comunidade antiga" é seu jeito de falar comigo, entre eles falam quilombolas, clã familiar e fechado de descendentes de escravos. Ele chegou e pediu para ficar alguns dias, já veio com essa ideia, veio com mala e equipamento de gravação. Não tinham me explicado que ele queria ficar mais de um dia. A gente recebe bem quem chega indicado, eu tinha avisado Vó, fui buscá-lo na rodoviária, e tinha almoço pronto, a família toda reunida, era domingo. Eu não gostei disso. Achei que Vó não ia gostar, e eu é que tinha trazido o moço, sem saber que ia ser longa a sua estada.

No carro, conversando, vi que ele se decepcionou comigo. Eu não sou escura e firme como Iraci, mesmo agora, recém-parida, ela é sempre mais firme e linda que eu, e eu falei com ele o português-padrão. Perguntou-me quantos éramos, há quanto tempo vivíamos aqui, tive vontade de inventar, enfeitar um pouco, misturar as histórias de Voinho com a verdade que eu sabia, contar as fábulas de Quincas, fiquei com vontade de que ele gostasse de mim e fui murchando, não era fácil como deveria ser, ele misturava as coisas dentro de mim e não percebia nada. Muito magro, amarelo e peludo, desengonçado descendo do ônibus com sua tralha, era a imagem que eu deveria ter guardado. Mas seu riso e o jeito de seus olhos me confundiram.

Desde pequena sou devota de Sant'Anna, por ela ser uma avó que cria e porque ensinou Maria a ler e aceitou com carinho o neto sem pai. Ela é nossa padroeira, foi no dia de sua festa que nós, os negros de Campo Redondo, nos libertamos, muitos anos atrás, e voltamos a ser gente a céu aberto, com o primeiro Benedito à frente de nosso povo. Essa é nossa história, não o que aconteceu. A revolta foi marcada para acontecer no dia de Sant'Anna, mas Benedito, ancestral de todos nós, foi traído e, bem antes do dia 27, muitos de seus companheiros já tinham sido presos ou mortos. Benedito fugiu com os camaradas leais que sobraram, e a história não sabe mais seu rumo. Sant'Anna não pôde proteger sua revolta, o seu dia ainda não tinha chegado. Aqui em casa todos são filhos do primeiro Benedito e sabem que ele era um príncipe. No dia de Sant'Anna cantamos e dançamos a liberdade e nossa realeza negra, parida em vilas africanas de duas casas — o senhor e seu súdito —, e ficamos a cada ano, com a graça de Sant'Anna, mais acorrentados ao que fomos um dia.

Eu aprendi a ler, eu ensino a ler, eu leio a história de outras pessoas sobre nossa gente. Eu escrevo no chão a história que ouço de meus avós, que Quincas sabe de cor e modifica e torna ainda mais colorida e bonita, mais distante de nós, dando-nos a energia de um passado brilhante e verde, como a vida nas folhas da nossa mata na época das chuvas, as folhas que Zezé já conhece todas e que Quincas amassa e prepara para curar nossas feridas. Eu sei disso tudo e não falei. Quando estava com ele não sabia quem eu era. Tinha duas bocas para dizer, e nenhuma falou.

Sussuarana ficou na casa da finada tia Isabel, que estava vazia. Conversou com cada um, andou na mata, bebeu com os homens, trabalhou com as mulheres, raspou mandioca, amassou no torno, fez farinha e beiju, destilou cana, brincou de pião e cabra-cega com as crianças, aprendeu as cantigas, viu as danças, ficou junto na cozinha, no quintal com as roupas pingando à luz do sol enquanto as mulheres teciam. Com os avós ficava muito tempo ouvindo sem anotar, acostumando o ouvido, guardando a música antiga que se apaga na fala dos novos. Pensava muito e andava sozinho, calado. Como todo mundo, ficou amigo de Quincas, conversava com ele madrugada adentro. Até de Zezé, que não é de falar e não gosta de história com gente de fora, ele chegou perto. Tinha dia que saía ainda escuro com ele para amanhecer na mata, podia ser quieto e leve, Zezé gostou do jeito dele. Não se acautelou do que acontecia, não viu o fim que ia dar. Nasceu uma sinceridade entre os três, Quincas, Zezé e Sussuarana. Nenhum deixou de ser como era, nem deixou de fazer o que sempre fez, eu pensava.

Com as moças Sussuarana evitava intimidade, ficava perto só quando estavam juntas lavando, tecendo, cozinhando ou jogando conversa fora. Mesmo com Iraci, que tanto encantava seus olhos, ele não arriscava. Ela e as outras meninas bem que provocavam. Iraci com bebê no peito, o peito grande e negro, ele me disse que era a coisa mais linda que já tinha visto. Ele se precavia dos suspiros fundos das tias, fazia isso de um jeito que não ofendia ninguém, mas que atiçava ainda mais as meninas que gostaram de um homem diferente de todos que havia por perto, que veio para aprender e não para ensinar, rondando por ali com a benção de Vó. Por ele não querer nada com elas, começaram a azucriná-lo, brincando de falar Zezé Sussuarana para cá, Zezé Sussuarana para lá. Se alguém indagava, cadê Zezé? As meninas diziam, Zezé Sussuarana foi para o mato, Zezé Sussuarana está pescando.

Zezé era da manhã e do dia, nunca gostou de ficar fora de noite. Diziam que tinha medo de virar bicho, por causa das seis irmãs. Ele não gostava dessa conversa e ninguém falava perto dele, que era fechado e calado. Sempre trabalhou duro. Era o mais negro e o mais bonito de nós. Forte, reto e largo, o seu corpo brilhava azulado, todo lisinho e cheio da luz do suor. Era o cuidado de Vó e cuidava dela mais do que qualquer filho. Bom com números, ajudava os mais velhos a negociar e acertar contas com gente de fora. De noite, só em dia de festa ou quando ficava zangado, então bebia muito e ia para o mato sozinho, cambaleando e quebrando galhos, como se não fosse ele. Aparecia de manhã cedo e ninguém era besta de perguntar nada. Ficávamos juntos de tarde, na beira do rio. Comigo Zezé falava dos bichos, da sua preocupação com a família, sabia o que acontecia com cada um, das histórias de Quincas, que ele gostava de ouvir. Eu contava dos livros que lia, da escola — que agora era na cidade e o ônibus da prefeitura vinha pegar as crianças —, de como nossos meninos aprendiam e brincavam com as crianças da cidade. A gente pensava igual e falava sobre o que havia de ficar de verdadeiro e o que iria embora com a morte dos velhos, com as mudanças do mundo chegando mais perto. A gente era igual, ali na beira do rio, a mesma vontade e os mesmos receios.

Comigo Sussuarana ficava sozinho. Talvez por eu não ter marido nem pai e meu irmão ser assim como é, talvez porque sou professora e tenho estudo, talvez porque para ele, eu pensava triste, eu não fosse muito daqui e nem muito mulher. Comigo Sussuarana ficava. As meninas diziam que ele estava me conversando, eu queria que sim, mas a gente só conversava e eu comecei a gostar. De dentro de mim crescia a vontade de chegar o dia de as coisas acontecerem. Se aconteceu o mesmo com Zezé, eu penso que é por isso que depois que Sussuarana chegou as nossas tardinhas não ficaram mais como antes. Sussuarana estava no meio de nós dois, até quando não estava. E a gente queria isso, eu pensava.

No começo eu não gostava dele porque sabia que ele não gostava de mim, eu não gostava do seu sotaque de lugar nenhum. Nem da sua maneira de olhar os avós, as meninas, os rapazes e todos nós como um bicho faminto, do jeito de ele se deixar embalar pelas histórias do Quincas, histórias em que meu irmão mistura o que eu leio nos livros com nossas histórias antigas e com o que mais inventa. Todos nós gostamos, mas é uma brincadeira nossa, da família.

Sussuarana aprendeu, moldou a forma de abrir a boca, suas palavras começaram a sair mais fechadas, eu senti um amor sincero e só dele com a música das palavras dos avós, com cada som e o modo de nossas palavras ganharem ritmo. Sussuarana ficava mais grave e mais cheio de "u", aprendeu a falar sem acabar nem começar justinho com o começo e o fim de cada palavra, deixando uma se juntar na outra e virar a música do nosso lugar. Ele estava se transformando e ia me transformando e também Quincas e Zezé. Na nossa língua ele tinha encontrado uma pessoa dele, que não existia antes. E o meu amor por Zezé e por Quincas e por todos nós cresceu ainda mais, de um modo que eu não conhecia antes de Sussuarana, veio junto uma tristeza nova, alguma coisa ia acabar, já tinha acabado, eu não entendia o motivo.

Na noite da nossa festa, talvez por isso tudo, meu peito estava grande e cheio de leite, eu sabia que era bonita naquela noite, o olhar de Zezé e o de Sussuarana me diziam isso. Mas não era o dia certo, foi festa de véspera.

4

Sussuarana chegou aqui com uma língua de lugar nenhum. Eu estranhei e não enxerguei nada ali dentro. Pedi a ele que me falasse alguma coisa na língua de seu pai. Sua voz ficou mais fina, virou a cabeça de lado e me falou numa língua de "is", uma língua de passarinho pequeno e de criança triste e só então eu pude ver quem estava lá dentro daquele corpo de bicho com fome e de onde vinha o brilho dos seus olhos.

Na nossa língua da terra e de "us", que ele roubou de mim e me devolveu misturada com sua tristeza de criança estrangeira, eu olho para o céu e canto baixinho meu amor. Canto a volta de Sussuarana e de minhas tardes com Zezé. E sei que nunca mais.

COMIDA EM PARATI

para Nuno Ramos

"Não somos mais nós mesmos, nessas condições, e é penoso não ser mais você mesmo, ainda mais penoso do que sê-lo, apesar do que dizem. Pois quando o somos, sabemos o que temos que fazer para sê-lo menos, ao passo que quando não o somos mais somos qualquer um, não há mais como nos apagar."

Samuel Beckett, *Primeiro amor*
(tradução de Célia Euvaldo)

Há muitos anos, em uma festa da cumeeira na casa de um amigo, vendo os homens comerem tudo de tudo, B. se perguntou como podia caber tanta comida em um corpo. Uma imagem da mesma cena com livros sendo oferecidos passou por sua cabeça, e ela soube que faria igual.

Neste momento de escuridão agitada, o pensamento se formando com pontos e vírgulas, ainda antes de escrever, outras lembranças chegam. O rosto vermelho de Haroldo de Campos lendo fragmentos de *Galáxias*, a sua voz transbordando e se oferecendo imensa; a lembrança de sua alegria, segura de que a luz da voz restaria no livro cada vez que ela o lesse novamente.

Comida e livro. Nunca experimentara o enfartamento de ler, nunca passara fome.

Outra lembrança, agora da sua época de editora. Um autor comparando o editor a um vendedor de salsichas. Ele gostaria que o editor não tivesse pudor com seu livro, que o vendesse como se vendem salsichas, sem frescuras nem glamour. A questão, pensou B., não era apenas o desejo de ganhar dinheiro e mundo, mas também de não dividir o processo livro com o seu comerciante. Embutir a obra e seu autor dentro de uma camada gordurosa e compacta de salsicha, chegar inteiro, são e salvo, ao leitor individual, à leitura silenciosa.

A preocupação de B. era o seu corpo, com carne, osso, músculo e voz. Pediram que lesse um texto seu em público. Era a primeira vez que acontecia. Era como comer carne crua. Ser a carne crua.

Filé tartar é moído e temperado, quibe cru também. Falo de carne vermelha, nosso assunto aqui nesta mesa. Mas cortar, abrir assim em público e comer ainda quente, pulsando? O estômago de B. revira-se, ela insiste, percebe um ponto a destrinchar, não sabe qual. Lagostas são esquartejadas vivas na frente do cliente, provavelmente mais pela cena do que por garantia de frescor. E que verdade ou frescor há de se revelar numa leitura pública? Não, apenas outras peles. A leitura de Haroldo, é verdade. Mas a voz de B. nunca tivera esta intenção de poder; seu texto sim, gostava de acreditar, a voz tinha apenas medo.

E mais, ela sabia, mais que medo, a voz carregava consigo chaves falsas. A chave da vida do autor, com cor, idade, movimento, peso, hálito. Solidez e autonomia em excesso a competir com a pulsação sempre por se formar da escrita.

Pensou então em defender ideias, ao invés de proporcionar a ficção. Ideias sobre a ficção. Impressionada com o mundo de Kenzaburo Oe, que descobrira há pouco, pensou em iniciar assim:

"Kenzaburo Oe, escritor japonês, prêmio Nobel de literatura, criou com a personagem Jin uma das figuras impressionantes com que a ficção é capaz de cortar a pele que envolve a nossa compreensão do mundo. E nesse ato de cortar, a ficção cria e modifica as entranhas úmidas que alimentam e oxigenam a pele cortada. Em um primeiro momento, a visão das vísceras esparramadas nos ameaça de morte, de ausência de significado, e nos revela uma verdade. Às vezes simples: somos feitos de pele, osso, intestino e história; outras vezes tão ameaçadora que conseguimos enxergar e sentir, mas não entender.

Diferente do corpo animal, que morreria se as coisas não voltassem à forma original, o mundo cortado se refaz em nova forma. Outra pele recobre o interior exposto e voltam a ser forma, com protuberâncias e vãos que não existiam antes. Por um tempo coexistem em nossa lembrança o antigo e o novo ser, e o contraste torna nosso olhar mais aguçado, sensível e comovido. Esquecido o antigo, o novo transforma-se em mundo como sempre foi.

A personagem Jin, do romance *Um grito silencioso*, cria e modifica o que sempre esteve lá, alimentando a forma de mundo.

Jin é a caseira de uma propriedade rural esquecida por seus donos. Após anos de ausência, os dois últimos herdeiros, os irmãos Taka e Mitsu, retornam à casa e encontram uma Jin obesa. É considerada a mulher mais gorda do Japão. Os filhos e o marido se desdobram para alimentá-la. Ela não pode sentir fome, tem acessos. Não consegue mais se locomover, seus olhos são luzes negras afundadas na pele lisa e esticada de um rosto jovem. É uma pessoa desgraçada. Não pode fazer mais nada na vida a não ser comer. O vale está cada dia mais pobre. O novo supermercado de um coreano levou à falência os comerciantes locais, todos os habitantes, de uma maneira ou de outra, passam a depender do coreano, chamado de Imperador.

Taka, ao mesmo tempo em que vende a propriedade familiar ao Imperador, começa a treinar jovens do vale, inspirando-os no louvor à virilidade e à violência, e no amor pela tragédia. A primeira ação pública do grupo é abrir o supermercado ao saque da população, todos são incitados a pegar sua parte no butim.

Mitsu, o narrador, homem deprimido que luta para permanecer alheio ao vale e às ações do irmão, conversa com Jin. Ela fala: 'Fico feliz que todo mundo no povoado esteja igualmente desgraçado'. À sua volta, pilhas de comida enlatada. 'Você sabe, Mitsusaburo — disse —, graças ao tumulto de Takashi, pela primeira vez tenho mais comida do que posso comer. É tudo enlatado, mas há mais do que sou capaz de enfrentar, de verdade! Se ao menos pudesse engolir tudo de uma vez, jamais teria que comer de novo. Ficaria magra como antigamente, depois enfraqueceria aos poucos até morrer.'

Lembrei-me das pessoas que hoje têm o que comer porque são pobres. Um alimento que não vem do trabalho, porque trabalho não há, que não vem da sua terra, pois você não tem ou nunca teve terra, ou a terra que tem não produz, uma comida que vem porque você é pobre, porque você é doente, porque a história e a terra secaram para o seu lado. E quando eu comer, e comer e comer, e todos formos igualmente desgraçados, obesos a ponto de não conseguirmos nos locomover, então saciada, eu poderei novamente emagrecer e morrer. Quando viver se torna o sentido da vida."

B. teria que reescrever, assim não chegaria a lugar algum. Quando *eu* comer! Quando *eu* morrer! Maldita primeira pessoa, maldito *eu* a devorar sua tentativa de prosa impessoal. B. tinha esta dificuldade, o sentido só se completava se o *eu* chamasse a si a responsabilidade. A ausência do *eu* subtraía a verdade e atribuía ao narrador impessoal uma superioridade tola e um conhecimento oco. Frases de objetos sem sujeito, frases vagabundas, cadelas sem dono. O *eu*, porém, é um cara gordo com botinas sujas, sua pisada faz barulho e enlameia o caminho por onde passa.

Quando B. contou a história de Oe para um escritor e antropólogo angolano e disse que pensava em falar sobre isso na primeira vez em que era chamada a se expor em público como escritora; quando contou a ele, estavam no final de um farto jantar brasileiro, regado a bom vinho português. Antes do jantar, B. já havia comentado sua dúvida sobre o que falar nessa ocasião, e ele dissera que nada importava o que falasse, pois nesses eventos o que conta é apenas a pessoa, o fetiche do autor, e não as palavras. Ele é um angolano branco que lutou na guerra de libertação de Angola. Em geral, disse, quando comparece de corpo presente, sua cor torna os ouvidos dos brasileiros moucos às suas palavras. Portanto, que falasse qualquer coisa, a plateia já estaria comovida ou surda antes de sua leitura, e assim permaneceria. No final do jantar, quando ela contou de sua ideia sobre o texto de Oe, ele, com o olhar entre severo e irônico, perguntou: "Você já passou fome?". E B., sabendo o destino daquilo, como um cordeiro educado (ela era a anfitriã) entregou seu pescoço e respondeu: "Não, nunca passei fome". Com um suspiro enfático, o escritor disse: "Ah! Pois eu já". Ele tinha a pele errada, pior ainda B., com a vida errada.

Ela então pensou que melhor seria ler um conto, tal como haviam pedido. Lembrou-se de Coetzee, escritor sul-africano, e sua personagem Elizabeth Costello. Chamado a dar uma palestra, ele lê um conto sobre uma escritora australiana chamada a dar uma palestra. Costello fala sobre o holocausto que significa a morte diária de animais para nos alimentar. Fala ainda do macaco do conto de Kafka, treinado por humanos e dando palestras em uma universidade. Na ficção, pensou B., há uma cápsula de vida, de uma vida própria, é um ser que não depende mais de nós, os autores. Sim, agora via com clareza, esse era o ponto que a paralisava. Se o bom conto, ou romance, é o ser fora de nós, um ser vivo no mundo, que sentido faria reapropriar-me dele com a minha voz, ser eu a tirar-lhe do estado de cristal, em que toda escrita morre temporariamente, e soprar-lhe a vida da leitura? Não era vergonha, isso também havia, porém ela se esforçava para separar suas dificuldades, a palavra certa é pudor. Pudor de misturar-se com seus narradores e personagens, de dar-lhes um rosto e uma voz que nunca foram deles. Pudor de criar uma pessoa, desejo de embalar-se cozida e compacta em uma pele de salsicha. Na verdade, pensou já longe da mesa onde o carneiro fora sacrificado, na verdade, o medo era de criar a pessoa da autora, pois sabia que sobre esta, diferente do que acontecia com seus personagens, não teria qualquer controle.

Escreveu um conto em terceira pessoa.

CLOC, CLAC
(crianças, a cidade e a sala)

A aglommeração cresce em frente à delegaacia. O crimme aconteceu há duas semanas, a pequena Annabella, 6 anos, foi jogada do 6º andar do edifício Villa Londdon, na Vila Mazzei, Zona Norte da cidade de São Paulo. Atrás da repórter poppulares aglomeram-se olhando para a câmera.

Janaína Silva, dona de casa, casada, 27 anos, mãe de 4 filhos, fala no microfone, desespera-se sobre o microfone: eu queria pegar elle, jogar elee no chão, jogar elle e cuspir na cara ddele, pisar no pescoço delle e quebrar, pisar e quebrar o pescoço deele, do Niccolau Serdovvi. 9, 7, 5 e 4 são as idades dos filhos de Janaína Silva, ela deixou os 4 filhos com a sogra, porque ela não conseguia ficar em casa com aquillo tuddo acontecendo, tinha que ver de perto a cara dos assassinnos. Em frente à deleggacia o que há para ser visto são fios, microfones, helicópteros, Janaína Silva, popullares e jornnalistas que lá estão para cobrir a chegada e a saída do casall suspeito e a aglommeração que elles reproduzem. O barulho de helicópteros das redes de tellevisão atrapalha a audição das entrevistas, o som das frases se perde, ainda assim todos entendem o que não ouvem, palavras diferentes para o mesmo sentimento de ira e pasmo, ira e pasmo, e pasmo, pasmo que perdura dias e semanas. Agora o barulho dos hellicópteros e das sirennes dos carros de pollícia fica sozinho no ar.

De volta ao estúdio, o apresenttador Vicente Vantoni, 42, casado, 4 filhos, olha grave para a câmera, foi o som da meninna caindo no chão ainda viva, disse o zellador, o senhor Nesttor Carneiro, 60 anos, casado, 4 filhos e 5 netos. Elle ouviu um barulho alto e seco, anotou no livroo de regisstros do edifício Vvila London. Após a palavra seco, o Nesstor anotou: a meninna estava viva. A frase, a menina estava viva, é iluminada no primeiro plano da tela da tellevisão, destacando-se do restante do texto do livvro de reegistro do Viila London. Era meia-noite, diz o apresentaddor Vicente Vantoni sobre a imagem da folha de papel com a letra ruim do zellador do Villa London, os algarismos que indicam o horário aparecem ilegíveis.

O noticiáriio segue com outros assuntos. Depois volta para a frente da dellegacia, o casall Serddovi aparece em meio à agllomeração. A madrastta, Ana Bette Mennezes de Carvalho, 24, 2 filhos pequenos, 1 ainda bebê, e a enteada que morreu há poucos dias, e o ppai da meninna morta, Nicollau Serddovi, 27, 2 filhos do ssegundo-casamento e a mmenina de 6, do primmeiro casamento, agora morta, e o jovem advvogado caminham para o carro ladeados por polliciais. Eleees são comprimidos pelos popullares. O casall quase some no meio dos popullares. Elle e eela, o paai e a maddrasta da meninna jogada do 6º andar, 6 anos, o aniversário seria em poucos dias, os ddois saem da dellegacia e andam um pouco abaixados, no meio dos poppulares, em direção à porta do carro já aberta, prontos para mergulharem nos assentos do carro. A reppórter Maria Mara de Moraes, 25 anos, solteira, sem-filhos, narra o que se vê na tela da televisão, neste momento o casall sai da delegacia, o Nicollau e a Ana Bette não farão declarações, eleees saem da ddelegacia onde prestaram deppoimentos por mais de 5 horas, eless caminham direto para o carro. Os polliciais fazem um cordão de isolamento para conter os poppulares. O casall Serdoovi e o jovem advvogado entram no carro. O carro do casall parte com os 3 dentro, a Ana Bette Mennezes de Carvalho, o Nnicolau Seerdovi e o jovem advoggado, Marcello Jordano, 26, casado, 1 filha de 6 anos de uma relação-anterior e a esposa-atual grávida de 10 semanas. Um tijolo é lançado em direção ao carro, o som dos popullares ocupa o espaço da vozz da Maria Mara. Ella retorna: um tijollo quase atingiu o carro dos Serdovvi. O carro do casaal Serddovi afasta-se, a imagem balança, a câmera gira e para em um pollicial prendendo um dos poppulares. O policiaal segura as mãos do ppopular atrás do corpo delle e abre caminho em meio à aglommeração, que olha curiosa. O popullar seguro pelo poolicial mantém a expressão indignada, diz a Maria Mara de Moraes.

A pollícia afirma que o sanngue no banco traseiro do ccarro do Nicollau Serdoovi, o ppai da Anabella, 6 anos, assassinada na noite do dia 6, um Ford Kaa cinza-prata, analisado com equipammentos especiaiss, é da Anabella Sserdovi, 6. O sanggue no chão da garagemm, dentro do carroo, no aparttamento e na frallda, a fraldda que elles usaram para limpar o rosto da Annabella, de modo a mascarar o crimme, o ssangue é da meninna de 6 anos jogada pela janela do 6º andar do Viila London, a Anabelaa Serddovi, filha do primmeiro-casamento do Nicolaau Serdovii com a Anna Beth Parentte.

A cena sai do estúdio e vai para o edifício Vilaa London, que aparece ao fundo do reppórter Paulo Perneira Pontigo, 29, solteiro, 1 filho de 12 anos de uma relação-da-juventude. No domingo haverá a reconstituiição do crimme. O Nicollau e a Anna Beti não são obrigados a participar, o paii e a maddrasta da Anabbela, morta no último dia 6, não deverão participar, segundo informou o addvogado do pai da Anabella, que caiu do 6º andar do Villa London, o senhor Marcello Jordano, 26, isso porque, segundo a legisslação brasileira, ninguém pode ser obrigado a produzir provvas contra si mesmo. Amanhã, quinta-feira, serão colhidos depoimmentos do paii e da irmmã do Niicolau Serdovvi: o Mennelau Serdovvi, 60, viúvo, pai de 1 rapaz e de 1 moça e avô de 2 crianças vivas e de 1 morta, e a Anna Bolena Serddovi, 37, divorciada, sem-filhos. Apenas após o depoimennto dos parenttes do ppai da mennina Annabella, 6, morta asfixiada, no caarro, na garaagem, no apartaamento, sobre a caama e após a queda do 6º andar, e da reconsttituição do crimme é que a pollícia revelará os laudddos dos últimos exammes realizados. Especiallistas afirmaram que o adiamento na divulgação dos lauudos é uma estratégia adotada pela políícia para que os depoimmentos não sejam influenciados pelo resultaddo dos examess realizados pelos perittos da Políciaa Civil de São Paulo.

De volta à frente da dellegacia, não dá para ouvir o início da fala da Maria Mara de Moraes, os popullares começam a dispersar-se, a reppórter do ttelejornal finaliza sua participação: a Anna Bety e o Niicolau Seerdovi não deram quaisquer declaraçções à imprenssa.

Em outro lugar da cidade, um homem diz a outro homem: ainda não faz nem um mês, e a mãee da Annabela, morta barbaramente aos 6 anos de idade, a Anna Beth, não a madrastta, que é Carvalho, mas a mããe, Parentte, nem um mês, e a Anna Bett Parennte já desistiu do ccaso, abandonou a fillha, não dá mais entrevistas, deixou ao destino a resolução do casoo. E o paai, o Niccolau Serddovi, era um mau ppai. Preste atenção, ele não correu desesperado para abraçar a fillha após a queda deela, da Anabella. Pense, diz um homem a outro dentro de um táxi, em uma sala de espera ou no balcão de uma padaria. O homem, provavelmente 50 anos, separado e pai de 3 jovens, o homem com algumas gotículas de suor no buço diz: veja, um pai quando se dá conta de que a filha caiu da janela do seu apartamento no 6º andar corre desesperado para abraçar a filha. E o Niicolau Serdovvi não correu desesperado para abraçar a fillha. Elle primeiro ligou para o ppai, o Menellau, ligou para o paai que é advoggado criminalista. Entende? Elle sabia que a filhha tinha caído do 6º andar, isso elee não nega, afirma que entrou no apartammento, com os dois filhos do segundo-casamentoo, viu a redde de protteção da jannela rasgada e entendeu que a fillha havia sido jogada pela janella de seu apartamentto, não é uma hipótese da invvestigação. Elle disse que viu a rrede de protecção da janela rasgada, apro-ximou-se e viu a fiilha caída no gramado 6 andares abaixo. E o que elle fez? Correu? Chorou? Não, eele ligou para o ppai, um advogaado criminalista. Ella não era amada, po-demos dizer que a Anabella era uma menina rejeitada. Veja, na Inglaterra os cientistas fizeram uma pesquisa para des-cobrir qual a maior dor que um ser humano pode suportar, de todas as dores, os cientistas britânicos constataram que a maior dor que um ser humano é capaz de suportar é a perda de um filho de menos de dezesseis anos, principal-mente para as mulheres. E a mmãe da Anabella já abando-nou o casoo, não fala mais com a imprenssa, não presta con-tas, não aparece, abandonou a ffilha. E se nos lembrarmos que logo após a morte da ffilha de 6 anos, no enterro, na missa de sétimo dia, no dia que seria o do aniversário da Anabella, mesmo nesses momentos a Ana Bbeth apareceu calma, fria, sem nenhum traço de dilaceramento, sequer de dor em sua face, podemos então concluir que ella não amava a Anaabela. O ppai não desceu desesperado para abraçar a fillha e chorar. E por quê? Porque elee não ficou desesperado. A verdade é que elle sempre amou mais os filhos do seggundo-casamento. A Anna Bet teve a Anabella muito jovem, não estava preparada, não foi capaz de amar a ffilha. A verdade é que eela deixa muito a desejar, deixa a desejar como mãe, amor materno. A Anabbela foi uma criança rejeitada, agora elaa só tem a nós para defendê-la, por isso não podemos abandoná-la.

A cidade arde, um rastilho espalhou-se e não cessa de queimar exalando um cheiro adocicado no ar inspirado e expirado pelos pulmões e chiando nos ouvidos dos que se interessam e dos que não se interessam pelo assassinato de Anabella, comentam eles, na sala. O artigo definido é utilizado na televisão, ruas e padarias, em vez de "Anabella faria aniversário em poucos dias", falam "*a* Anabella faria aniversário etc.", ou "apartamento *do* Nicollau", no lugar de "apartamento *de* Nicollau", o que transforma a família Serdovvi em velhos conhecidos. Na sala eles analisam essa proximidade forjada que aumenta a dramaticidade do caso, transforma a tragédia real em farsa. Não se ouve a palavra "defenestrar", que significa exatamente "jogar pela janela". Talvez porque seja uma palavra fora do cotidiano daqueles que acompanham o caso. Jogada ou lançada pela janela, sim, são verbos que fazem parte da vida da cidade e, portanto, comportam a violência do destino da menina.

As pessoas na sala sabem que não adianta dizer: "eu não me interesso por esse assunto", pois todos são convocados a participar da investigação, é necessário comentar e concluir a respeito dos testes, dos depoimentos, das análises dos especialistas. Sendo o assunto inevitável, os que participam apenas por educação e dizem: "quem sabe não foram eles, é preciso esperar, a prisão é somente para quem foi pego em flagrante ou que possa atrapalhar o andamento da investigação, a polícia chegar a uma conclusão e oferecer a denúncia não significa que eles já foram julgados culpados", os que dizem isso são obrigados a ouvir ainda mais sobre o assunto, e não podem apenas ouvir, precisam recuar, afirmar, nada de talvez, quem sabe, é um lado ou outro.

Na sala eles ponderam sobre a histeria que tomou conta da cidade, a necessidade de as pessoas saírem de casa e irem até a delegacia, até a frente do edifício onde o crime ocorreu, parece que apenas assim elas se sentem fazendo parte de uma história real, que existe porque sai na televisão, como se a vida apenas se formasse em história quando televisionada e escrita.

Uma pessoa comenta a coincidência de vários nomes deste caso terem letras dobradas, como Anabella, Nicollau, Villa London, não que isso signifique qualquer coisa ou possa ajudar a desvendar o crime, ela acrescenta. Outro lembra-se que significa a origem social das pessoas envolvidas. Além das letras, ele continua, são repetidas na televisão e nas conversas informações como: "o sangue no carro é da Anabella", ou "as marcas no colchão são da sandália do pai que apoiou o pés para subir e jogar a filha pela janela", e dessa maneira transformam suposições em fatos incontestáveis.

A interpretação do homem com gotículas no buço, "a mãe deixa muito a desejar", chega a ser cômica. Sua frase, "ele não desceu desesperado para abraçar a filha", é repetida diversas vezes, na sala, com sotaque e ritmo que reforçam o pedantismo do homem. A repetição da frase e o tom farsesco a esvaziam definitivamente de qualquer verdade, não do seu conteúdo, pois que esse não é o foco da conversa, mas verdade da locução, da intenção do senhor gordo. Fala-se do sentimento de autoridade das pessoas mais simples e de pessoas pacíficas que tornam-se sanguíneas na tragédia alheia. É repetida também a frase "pegar ele, jogar ele no chão, jogar ele e cuspir na cara dele, pisar no pescoço dele", que é analisada em seu teor de insanidade. Não se comenta a ausência do pronome oblíquo, embora a sintaxe das orações machuque os ouvidos dos que conversam. E as expressões "pegar ele" e "jogar ele" são repetidas outras vezes. A cidade torna-se vampiresca, compulsiva.

A análise da repercussão do caso chega até a sobremesa, quando alguém, 72, casada, 4 filhos, 8 netos, fala, a verdade é que elee estava usando uma dessas sanddálias tippo ridder e a marca no lençol era delle mesmo. E isso delle não ter descido logo é muito forte. E outro, 17, solteiro, pergunta, mas issoo já ficou comprovado? Sim, elees têm como rastrear e saber o horário do tellefonema, o horário em que o caarro delle entrou na garaagem, em que elle desceu no ellevador após a fillha ter caído, o número de telefone para o qual eele ligou, de fato elle telefonou para o paai antes de descer. A hipóttese mais plausível, até agora, é que quem sufocou foi a madrastta, e o ppai, achando que a filhaa já estava morta, jogou-aa pela janela.

E um terceiro, pai de dois filhos pequenos, conclui: um surto, um momento de insanidade. Qualquer um poderia. Um pai. Qualquer um. É apavorante.

A morte recente iça do lago escuro de nossa memória outra criança morta, que emerge na forma do rosto de um menino de quatro anos sorrindo na fotografia de seu aniversário. A lembrança do assassinato do menino Victor Hugo, em Cascadura, no Rio de Janeiro, caminha dentro de cada um, e em poucos dias a cidade lembra-se e comenta em voz baixa a morte ocorrida meses atrás.

Nas ruas da cidade o cheiro e o zumbido das duas mortes somam-se. O tom oscila. No caso do menino Victor Hugo, a raiva não tem um rosto aonde ir, assaltantes, o tempo em que vivemos, o país. O que aconteceu com eles? Já foram soltos? Eram dois, não? Os nomes, os nomes dos assassinos? Eram jovens, sim, com certeza. Assaltantes, bandidos. O carro (qual era a marca, a cor?), o carro parado no meio da rua, na tela da televisão, com fitas de isolamento ao redor. Era possível ver a imagem do corpo do menino? Victor Hugo. O corpo de Victor Hugo? Quatro anos? Por aí, era pequeno, menor do que Anabella. Não, eles não filmaram o corpinho para fora do carro, horror, a voz mais baixa. Mas imaginávamos, mesmo que não quiséssemos, para entender a gente acabava imaginando o corpinho sem, oh, não, por favor, não, sem, sem cabeça. O apresentador falou rápido, disse alguma outra coisa, alguma palavra que sugeria o inimaginável. Os policiais que atenderam ao caso, talvez do resgate, eles falaram, eu tinha me esquecido e agora vem, não, vem tão vermelho, me lembro tão bem, foi horrível, horrível, eles disseram que choraram ao ver, que eles, que estão acostumados, eu lembro bem, eles não conseguiam olhar, e, meu Deus, lembro que eles falaram, não diga, eles falaram que era só carne, pare. O menino ficara preso pelo cinto de segurança. Os assaltantes eram jovens, os assaltantes entraram dentro do carro (de que cor?), era um assalto. Não, não era um assalto do carro. Eles estavam fugindo. Tinham assaltado alguma coisa antes, sim, tinham assaltado alguma coisa antes e fugiam. Precisavam do carro para fugir. Apontaram a arma para a cabeça da mãe, arrancaram a mãe para fora do carro, empurraram a criança que estava no banco de passageiros para fora. Havia outra criança? Tem certeza? Havia mesmo um segundo assaltante? Sim, na televisão passou a simulação do momento da abordagem, eu me lembro da imagem, não muito bem. Você viu direito? Está se lembrando bem? A mãe abriu a porta de trás para tirar o filho e não conseguiu. Victor Hugo ficou preso pelo cinto de segurança, o cinto segurou o menino, o cinto de segurança, e a mãe puxou e por isso, a mãe puxou, por isso ele ficou com o corpinho, não, não, a mãe e o cinto, foram os assaltantes que arrancaram em velocidade, saíram com o carro em disparada com o menino preso no cinto, dependurado com o corpo para o lado de fora. Ele ficou preso pelo cinto de segurança. O nome da mãe. Como era? Uma moça jovem, os olhos inchados e vermelhos. Quais foram as palavras dela? Ela falou? Os assaltantes rodaram vários quilômetros, isso é certo. Sete, cinco, doze. Pessoas viram a porta aberta, o menino sendo arrastado, elas gritaram avisando e os assaltantes não pararam. O que aconteceu? O carro bateu em um poste? Por que eles pararam o carro depois de rodar quilômetros com o corpinho, meu Deus, o corpinho do menino penso para fora? Na televisão dizia o tempo que demorou para ele morrer. Que ele não sentiu sua cabeça, não, sendo, sua cabeça sendo esfacelada. Não, não diga. É que volta, não há como, não há. Fique quieto. Ele não sentiu dor, o coraçãozinho parou antes. Mas os bandidos bateram em algo? Por que eles pararam? Na fuga eles bateram em um poste? Tinha a polícia, não tinha? Não, com certeza não, uma das afirmações era que assaltantes dirigiram em alta velocidade, com a porta do carro aberta, por tantos quilômetros sem serem incomodados por nenhum policial. É verdade. Por que essa afirmação ficou? Não me lembro se havia um pai. Não me lembro do pai. Tinha um pai? O cinto de segurança travou. A mãe não conseguiu e tentou puxar o filho para fora do carro e aí aconteceu de ele ficar penso. A mãe viu, chega, chega, o seu filhinho, a cabeça no chão. Pare, acabe com isso. Ela gritou, o grito da mãe vendo o carro se afastando e o corpinho. Sim. Já tinha me esquecido.

Na sala todos lembram do menino, lembram do nome, do "c" mudo de Victor Hugo, lembram do horror. Ninguém traz de volta o corpinho, não fale. Ninguém fala. Não se comenta a volta do assunto, a cobertura macabra da mídia, a comoção absorvida por sabe-se lá o quê, a vida, outras mortes, uma corrente que amarra uma vida à outra, uma morte à outra, nossos pés na cidade, não, não é isso. Na sala eles lembram, horror, lembram e não compartilham de novo o horror de haver existido um menino de quatro anos, preso por um cinto de segurança, em um carro, preso, a cabeça, não, não querem, não é correto. Não se compartilha a dor alheia, isso não é alimento, não somos urubus nem hienas, guardemos o luto e o medo de nossa fragilidade e monstruosidade, é o que eles, na sala, pensam em silêncio, sem ponderar um com o outro o diz-que-diz do caso Victor Hugo que toma novamente a cidade no rastro da morte da menina defenestrada.

Anabella foi asfixiada, disseram as marcas roxas em seu pequeno pescoço. Marcas de mãos femininas da madrasta jovem e bonita, como um colar púrpura em torno de seu pescoço macio de menina de seis anos. Anabella gritou "papai, papai, papai... para, para", as reticências aparecem na frase destacada na tela da televisão. A vizinha disse que ouviu gritos confiantes de uma criança, gritos de quem sabe que vai ser atendido, depois os gritos ficaram débeis, distantes, como se ela estivesse se afastando, se afastando. Anabella foi jogada desacordada do sexto andar, ainda viva, disse o tenente do resgate.

O pai jogou a filha de seis anos pela janela. Difícil ainda ter dúvidas. O julgamento não começou, as provas podem ter sido manipuladas, tudo é possível. Um pai matou a filha, é o que sobra na sala. A excitação, o barulho infernal, as pequenas autoridades com gotículas no buço enevoam a tragédia de um pai ter jogado a sua filha de seis anos pela janela. Qualquer um deles poderia, eles sabem.

A menina Anabella submergiu. A cidade soltou a roda dentada e deixou a corrente partir. Com o peso de outros pequenos cadáveres e livre das travas, a corrente puxou devagar o corpo de seis anos para dentro do lago pastoso da memória de cada um. Cloc, clac, fazem as correntes, e o corpo desaparece, uma bolha escura se forma, estoura, os círculos concêntricos diminuem, diminuem, e o lago volta a ser um espelho preto.

Agora há pouco, a foto de um homem de camisa verde berrando apareceu na primeira página de todos os jornais. Em um jornal ele aparece com três dedos da mão levantados. Sabemos o que ele grita, três anos, três anos tinha o meu filho. E mais uma vez a foto de uma criança, o rosto de uma criança sorrindo, o olhar e a boca de uma criança que sorri para quem está atrás da máquina de fotografia aparecem na primeira página dos jornais junto com a matéria sobre a sua morte. Policiais confundiram o carro da mãe do menino com o carro de uns assaltantes. Era um carro preto, os vidros do carro tinham sido escurecidos por segurança, desse modo assaltantes não saberiam que no carro havia apenas uma mulher jovem com dois filhos pequenos e, na dúvida, não tentariam assaltar o carro. E como os policiais não conseguiram ver que no carro estava uma mulher jovem com seus dois filhos pequenos, eles não gritaram nem ameaçaram, chegaram atirando, metralharam o carro. A mãe abriu a janela e jogou na rua uma bolsa de criança, uma bolsa de pano em que se carrega fraldas e mamadeiras. Os policiais pararam de atirar, a mãe saiu do carro, abriu a porta de trás, pegou o corpinho do filho morto, carregou-o para fora, colocou-o sobre o asfalto de uma rua da Tijuca e disse, aqui está meu filho morto. O pai, depois, disse: neste país não existe pena de morte. No começo, parecia que ele defendia a pena de morte, então ele continuou: o Estado não tem carta branca para matar, se essa instituição está falida, vamos melhorar a instituição, mas não botar um monstro na rua para matar a gente. Ele estava tomado pelo desespero, parecia estar em erupção, gritar era a mesma coisa que chorar, como se soubesse que o filho continuaria vivo enquanto ele não parasse de gritar, de falar e gesticular, era a sua maneira de manter o filho vivo, só mais um pouco, ele queria só mais um pouco, ele nem sabia mais o que ele queria, queria poder não parar de gritar: aqui não existe pena de morte. E começamos a chorar, sabíamos que isso era mentira, o menino estava morto. O desejo tão profundo dele transformava a afirmação "aqui não tem pena de morte" em uma constatação do que na verdade não existia, esse engano calou fundo na boca e nos ouvidos dos que queriam vingança, olho por olho, dente por dente, e também no coração daqueles que não queriam vingança, só queriam que aqui não existisse pena de morte, que o menino Gabriel não tivesse sido executado.

Anabella terminou, Victor Hugo e Gabriel também. A cada nova criança morta, a corrente é puxada para a superfície, os corpos e fotografias de crianças sorrindo voltam, permanecem na cidade por um tempo, dois tempos, três tempos, e depois a corrente é solta e afunda levando junto o novo corpo e as fotografias de uma criança perto do dia do seu aniversário, faltavam poucos dias, sempre alguém dirá, poucos dias, e agora acabou. Sabemos que a corrente continua a mover-se, para frente e para trás, seu barulho, cloc, clac, diminui e mistura-se aos barulhos do ordinário de nossos dias. Amarrada nos pés de crianças que já se foram, a corrente não cessa nunca de lentamente enlaçar a canela fina e macia de outra criança prestes a comemorar seu aniversário. Uma criança morta que puxa a outra para fora do lago escuro da memória da cidade e de quantas salas couberem na cidade. Crianças mortas que puxam a outra para o oceano sem fim que ninguém pode saber como é.

CLOC, CLAC
(o velho, o bebê, você, ela e eu)

O que aconteceu que me fez tremer, não entender mais nada, ter medo de aparelho de televisão ligado e, depois, dentro do avião, soluçar de novo, o que eu vi dentro de mim, eu não sei o que foi, não sei como contar. O que aconteceu que te fez tremer, não entender mais nada, ter medo de aparelho de televisão ligado, você não sabe o que foi, não sabe como contar. O que aconteceu e a fez tremer, não entender mais nada, o que ela viu dentro de si, ela não sabe o que foi, não sabe como contar.

Estava sozinha em um hotel em Cuiabá. Era sexta de noite e eu esperava por meu marido. Não conhecia a cidade. Logo na chegada, no aeroporto, ele, atrasado para a aula, foi de táxi para a faculdade. Você pegou o carro que havíamos alugado e eu fui para o hotel. Era minha primeira vez em Cuiabá, as estradas e as ruas são escuras e mal sinalizadas. O moço da locadora te deu um mapinha e explicou o caminho, mas de saída ela errou alguma coisa e fui tateando. Dei em uma avenida escura, segui em frente, porque ainda não sabia que tinha errado logo na saída. Quilômetros depois, pegou um retorno e parou em um posto de gasolina onde um homem te deu informações. Depois de muitos retornos e ruas escuras, lugares desertos e escuros, outros homens, postos e padarias, avenidas iluminadas com vãos baldios e escuros, cheguei ao hotel, entrou e se trancou no quarto limpo e claro.

Conto o caminho até o quarto do hotel para mostrar que você é uma pessoa medrosa, a escuridão e a solidão me assustam. Respirou com calma, bebi uma coca, abriu um potinho de castanha de caju e li um pouco enquanto comia e bebia. Sem concentração para continuar a ler, ligou a televisão.

Uma moça jogou um velho muito magro no sofá. A cena real fora filmada por uma câmera escondida no alto da sala, a moça era a acompanhante do velho ou sua enfermeira. A mesma cena repetiu-se algumas vezes na tela da televisão, o apresentador explicou que a família desconfiava que o pai sofria de maus tratos e por isso colocara a câmera. O apresentador informou que a enfermeira fora presa na manhã do dia daquela noite em que, no quarto de um hotel em Cuiabá, você via na televisão o velho sendo espancado por ela. A cena repetia-se, você não conseguia desviar os olhos e comecei a soluçar, algumas inspirações curtas e uma expiração longa, como uma sequência de sustos. O velho era tão frágil, tão magro e leve. A moça, que nem era forte, poderia amarrotá-lo inteiro, quebrar todos os ossos do velho, se quisesse. Ela o lançava contra o sofá como quem joga, joga o quê?, um saco de feijão, mas ninguém lança violentamente nada no sofá, ela arremessava o velho, os ossos do velho se desconjuntavam, pernas e braços em lugares errados, como um boneco desarticulado de pau. Com um solavanco brusco ela o sentava com a coluna encostada no sofá e continuava a maltratá-lo com beliscões e tapas. Ele fazia uma expressão de pânico e, ao mesmo tempo, é tão triste, pedia piedade. Era tão horrível, os olhos do velho pediam, ele não devia fazer isso, ele não entendia que isso lhe dava prazer, atiçava a maldade dela, alimentava sua alegria, ela beliscava com mais força, arremessava o velho, um desconjunto de ossos, leve como um bichinho, ela o arremessava como se ele fosse um gatinho que um menino mau gira pelo rabo e lança contra a parede espatifando-lhe a cabeça. Os olhos do velho pediam, eram olhos cheios de medo, olhos de quem nada pode, não eram confiantes, não deveriam ser, ele deveria saber que não seria atendido, eram débeis. Desde o início da cena, que não parava de se repetir, via que o olhar do velho era o de quem não sabe que não tem saída. Entendi que ele não era mais capaz de falar, talvez nem de lembrar-se, um mamífero moribundo, talvez por isso ele pensasse que ela poderia parar de maltratá-lo se ele pedisse com o seu olhar; por outro lado, exatamente por não ser mais capaz de se lembrar da última vez que fora maltratado, havia o pânico de quem acha que vai morrer, de quem não sabe que ela vai parar, em algum momento ela vai parar, porque precisa continuar a receber seu salário. Você entendeu que ele não poderia contar a ninguém o que sofria. Ela via que ele não era quase nada, só muito medo.

E chorou, desliguei a televisão e soluçava. Desliguei a televisão com medo de levar um choque, com medo de que a enfermeira agarrasse tua mão e lhe fizesse mal. Senti medo por mim e pelo bebê. Seu filho mais velho ficara em casa, o bebezinho na minha barriga já tinha braços, pernas, olhos, uma cabecinha cheia de veias azuis, ele era vermelhinho, e toda essa vida ainda não era um volume fora de você. Ela não queria sentir nada ruim, e eu era uma coisa cheia de medo, qualquer barulho me fazia tremer, até a percepção de que a cortina era amarela te fez tremer e retesar o corpo, aproximando os braços do tronco e cerrando os punhos. Um cansaço tomou conta do corpo dela, amoleceu e pensei que isso seria um alívio, baixei a guarda e o medo lhe encheu de novo, não podia me distrair, pensar em outras coisas, voltar a ler o livro, sabia que a imagem dos olhos do velho a assaltaria assim que me distraísse. Murmurou um som para não ouvir outros sons, até seu marido chegar você murmurou um som para afastar qualquer pensamento da cabeça. Não tocou em sua barriga, não pediu ajuda ao meu filhote acariciando devagar sua barriga para me acalmar, pensava que tua mão estava carregada de maldade, porque ela vira aquilo e se sujara, aquilo ainda estava com você e você nem sabia o que era. E pensava em como contar ao meu marido, se ela contar vou chorar de novo e ter medo de novo.

Quando ele chegou, feliz, você ficou feliz com a sua chegada. Ele contou sobre a aula e eu perguntei mais detalhes, e isso e aquilo? Deu tudo certo? Contou que havia me perdido um pouco até o hotel, eles riram, ele agradou minha barriga, beijou sua barriga, ainda quase nada, e foi tomar um banho para depois saírem. Ela ajeitou o quarto tranquila, pensando na boa aula do marido, no jeito engraçado de ele contar as coisas quando está feliz, e, arrumando a colcha amarela sobre a cama, esticando-a, o corpo do velho voando contra o sofá passou diante dos seus olhos e eu gritei. O marido saía do banheiro e me perguntou, o que foi, querida? O que foi? O que dizer? Você contou, foi isso, isso e aquilo (era tão pouco). E ele disse, que tristeza, que barbaridade. Ela falou, eu tenho muito medo de morrer, meu amor, eu morro de medo de apanhar. Ele te abraçou rindo, beijou seu pescoço, você sentiu as mãos dele nos ossos dos meus quadris, e ela riu, esqueceu, ele se vestiu e vocês foram jantar.

Ruas escuras, orientações erradas, finalmente chegaram a um lugar vazio, havia um aparelho de televisão dependurado na parede e ligado, você ficou com medo, não tinha cabimento, mas ele entendeu, pediu, e eles desligaram.

Ela não queria estragar a noite nem a alegria dele. No jantar conversamos sobre várias coisas, depois foram a um bar beber e ver a noite de Cuiabá. Lá também havia uma televisão ligada, o lugar estava cheio e não dava para pedir para desligar, eles trocaram de mesa, deixando a televisão fora do meu ângulo de visão. Isso me acalmava, era como se a televisão pudesse lhe fazer mal, lá dentro um assassino te pegaria e te arremessaria para o escuro, me puxaria para dentro do coração da maldade. Pior, arrancaria teu bebê pela minha boca, e a enfermeira, oh, meu Deus, não, pare de pensar, você se ordenou, fechou os olhos e se concentrou nos barulhos das motos na praça e dos copos de cerveja tilintando nas mesas ao lado. Você se esquecia e se lembrava, quando me lembrava era um flash, depois passava. A praça congestionada com carros altos, jipes, pick-ups, com meninos saudáveis e meninas de cabelos lisos e dentes bonitos te amedrontava um pouco. Havia muita força no bar em que estávamos e em todos à volta da praça, não apenas a presença do poder, também a afirmação do desejo, a certeza da própria potência. Aquilo era ameaçador à minha covardia, naquele instante sentia-se leve como uma pluma, qualquer um ali poderia fazê-la em pedaços, até mesmo, eu percebi, a alegria dele poderia rachar meus membros unidos por pouca coisa.

No outro dia pegamos o avião de volta para São Paulo. Tudo corria bem, o susto da noite anterior passara, fora um episódio de pânico, um nervo exposto que o sono recobriu. Tinha de volta a tua idade, mais de dezesseis anos e menos de oitenta. Era forte o suficiente para carregar e proteger meu bebê. Para testar-se ela se lembrava da cena do velho apanhando e apenas indignação e tristeza surgiam. A identificação com um bichinho indefeso se fora.

O avião estava lotado, vocês ficaram na segunda fila e nas quatro cadeiras da frente sentou-se um casal com suas duas filhas, uma delas era bebezinha. Antes da decolagem a aeromoça veio conversar e, logo depois, trouxe um senhor muito velho para sentar-se na cadeira que era do pai. Você entendeu que o velhinho precisava sentar-se na frente para que as aeromoças pudessem ajudá-lo durante a viagem, como se ele fosse uma criança viajando desacompanhada. O pai cedeu seu lugar e iria sentar-se atrás, no lugar de onde o velho saíra. Como eram duas cadeiras de cada lado, a menina que devia ter uns quatro anos precisaria sentar-se na poltrona ao lado do velho, já que a mãe tinha que ficar com o bebê. Mas ela não queria, o pai conversou baixinho com a filha, sentou-a na cadeira, fechou o cinto de segurança e ela começou a chorar, abraçou-se com medo ao pescoço do pai. Ele se livrou com delicadeza dos braços da filha e foi conversar com a aeromoça. A menina escapuliu-se do cinto de segurança e correu de volta para o colo da mãe enquanto o pai foi para a parte de trás do avião, voltou, havia um problema que todos víamos qual era, o pai tentava resolver falando baixo.

A menina estava com muito medo do velho, você percebia a pele dela se arrepiando quando olhava para o velho. Ele era pequeno, magro, com a pele morena de quem tomou sol a vida inteira, bastante enrugado, as roupas frouxas eram grandes para o seu corpo sumido, o chapéu de couro dançava em sua cabeça. Talvez apenas a diferença da textura e da cor da pele, o chapéu e a calça muito largos já fossem suficientes para assustar a menina, mas eu via que o alheamento do velho era o mais assustador para ela. Seus olhos embaçados erravam lentos de um lado para o outro, se havia movimento por perto, como a menina sentando-se e levantando-se, ele ficava assustado, arregalava os olhos e seus braços ossudos levantavam-se um pouco. Depois voltava ao imobilismo. A família era muito educada, percebíamos que tomavam cuidado para não ofender o velho, mesmo se dando conta de que ele não podia mais ser ofendido, pois só sobrara em seu entendimento o medo e o conforto, uma menina assustada não queria dizer nada, era sua agitação que o perturbava. Você se propôs a sentar-se ao lado do velho e a menina viria para o lado do seu marido, o pai gentilmente agradeceu, outra pessoa já havia oferecido e a filha não aceitara. A aeromoça não ajudava. O pai foi novamente para trás e, desta vez, trouxe consigo uma moça que se sentou ao lado do velho, e a menina foi para trás junto com o pai. O avião decolou.

Durante o voo, você se esqueceu do velhinho e da família. Com um filho pequeno, eram raros os momentos em que ela e o marido podiam ficar sozinhos, foi gostoso conversarem despreocupados, beijá-lo e deitar a cabeça em seu ombro, mesmo com o desconforto do braço da poltrona no meio. Também ler jornal à toa, sabendo que durante o voo ninguém esperava nada de você. Havia um sentimento de liberdade, eu podia fazer o que quisesse, o tempo era seu, tudo estava certo, ele do seu lado, um filho bem cuidado em casa e o outro crescendo aconchegado em mim. Era curioso sentir-se livre dentro de um avião, parecia um presente, olhe aqui, duas horas livres, um presente singelo que te dou.

Aterrissamos para uma escala em Campo Grande. Alguns passageiros desceram. Um comissário subiu e conversou com a aeromoça, eles olharam para o velho. Pela janela vi, no final da escada, uma cadeira de rodas na pista. A aeromoça inclinou-se e falou com o velhinho, que olhou para ela na expectativa do que viria. Ela o segurou com cuidado, apoiou as costas dele em seu braço e começou a levantá-lo devagar, ele se assustou, tremeu de leve. O comissário veio ajudar, falava baixo com o velho, coisas como, vamos devagarzinho, ninguém está com pressa, enquanto o segurava pelo outro lado. O velhinho deixou-se levantar, mas não conseguia firmar suas pernas, o chão lhe fugia, ele estava assustado. Os dois colocaram-no de volta na cadeira. Um segundo homem subiu e, um de cada lado, eles levantaram o velho, um dois três, e lá estava ele na cadeira feita pelos braços dos dois homens. O velhinho fez uma expressão idêntica à de um bebê que você levanta muito rápido e vê que ele se sente solto no ar, certo de que vai despencar, um pânico, você sabe que o coraçãozinho dele está a mil por hora. O mesmo movimento dos braços nadando descompassados no ar, as mãos procurando um apoio qualquer. Ele se agarrou aos braços dos dois homens, se tivessem força seus dedos teriam furado a camisa e marcado a pele deles.

Tão enrugadas e cheias de medo, a maneira daquelas mãos se fecharem como garras de um passarinho que nunca saberá voar nos braços dos comissários era igual à do seu filho quando bebê. Às vezes, mesmo deitado no berço, ele acordava com esses movimentos de queda e desespero, os bracinhos levantados pedindo que não o deixassem cair. E a gente sabia que não adiantava explicar, nem meu bebê nem o velho eram capazes de entender que nada de mau te aconteceria, eu estava lá.

7

MY LOVE

para minha mãe

1

Just shut down
Turn me off

Just sit down
Far from me

Let me down

Please, don't
Let me down
Write me a letter
Say a word

Love me
Please, don't

Sleep and listen to me,
listen to my very deep love
and let it go

2

My love,
my never ending love,
now and for ever
let me love you
alone

I kiss your feet and your hair,
I kiss your left eye,
before I ask you:

(we are in the bed,
the night is hot,
you sleep,
I feel your smell,
and hear you purr)

before I whisper into your ear:

My angel,
what would you do with my love?

I beg you
now and for ever,
leave my never ending love
alone

3

Just let me go before
you go

NOTA DA AUTORA

Meu amor reúne textos inéditos e alguns já publicados em jornais, revistas e coletâneas de contos. Em alguns desses textos fiz pequenas alterações, em outros, mudanças maiores. Abaixo, os títulos dos contos, os dados das publicações originais e algumas explicações:

"Ele gostava de Maria", "Banana-split", "Chove e o dinheiro do marido" e "Um pouco feliz, de noite": *Pensar* (caderno de cultura do jornal *Correio Braziliense*, Brasília, 10, 17, 24 de novembro e 1º de dezembro de 2007). Mudei pouco de cada um.

"Manhã": *A visita* (São Paulo, Barracuda, 2005). Fiz várias pequenas mudanças, tais como: útero por estômago, febris por nervosos, a pontuação.

"Raza": *Bravo!* (janeiro de 2004, ano 7, nº 76, São Paulo, D'Avila). Para comemorar os 450 anos da cidade de São Paulo, o editor da revista *Bravo!* encomendou a oito autores narrativas curtas que, no estilo do livro *Cidades invisíveis*, de Italo Calvino, contassem de São Paulo descrevendo outra cidade. A versão atual é um pouco diferente do conto publicado na revista. Limpei as conclusões dos projetistas, transformei o narrador em personagem e inseri a fala de Raul.

"João": *João* (São Paulo, Tipografia Acaia, edição limitada, dezembro de 2008). Mudei pouco.

"Ficção": *Vozes da Ilha* (nº 1, 2º semestre de 2004, São Paulo, revista produzida pelo Ilha de Vera Cruz/Escola Vera Cruz); *+30 mulheres que estão fazendo a nova literatura brasileira* (Rio de Janeiro, Record, 2005). Mudei pouco.

"Coruja": *Ficções: revista de contos* (junho de 2005, ano 7, nº 14, Rio de Janeiro, 7 Letras). Da versão atual, apenas "Canção para três vozes" foi publicada na revista; desta mudei alguns versos e mexi na pontuação.

"Lola e Nina": *Bravo!* (janeiro de 2006, ano 9, nº 101, São Paulo, D'Avila). Mudei pouco.

"Zezé Sussuarana": *Aquela canção* (São Paulo, Publifolha, 2005). Doze autores foram convidados a escrever contos inspirados em doze canções escolhidas pelo editor. Coube a mim a canção *Sussuarana*, de Hekel Tavares e Luiz Peixoto, na interpretação de Maria Bethânia e Nana Caymmi. As alterações que fiz foram muitas e pequenas: tirei artigos que apaulistavam a história, troquei alguns "moço" por "Sussuarana" e "entendeu" por "viu". Acrescentei o Roberto na dedicatória do conto porque foi com ele que conheci o Cipó e a Flor, com ele recuperei o frescor dos textos de Natalia Ginzburg, porque ele gosta muito desse conto e, finalmente, porque é uma história de amor.

"Comida em Parati": *Trópico* (www2.uol.com.br/tropico, 7 de julho de 2005); *Novos Estudos* (nº 78, julho de 2007, São Paulo, Cebrap). Em julho de 2005 fui convidada a participar de uma mesa na FLIP (Festa Literária Internacional de Parati), entendi que deveria ler um conto inédito e escrevi este. Eu estava errada, o tema da mesa seria "A força do romance", e li um trecho do meu romance *Não falei*. Esta versão é praticamente igual às duas já publicadas, acrescentei a citação e a dedicatória.

"Ficamos por aqui, para dizer a verdade.", "Sonho com Ceóla", "Davi", "Duas fotografias sobre o Natural", "Cloc, clac (crianças, a cidade e a sala)", "Cloc, clac (o velho, o bebê, você, ela e eu)" e "My love" são inéditos.

Escritos em momentos diferentes, cada conto de *Meu amor* tem sua autonomia e história. Trabalhando-os novamente para este livro, em um momento diverso de criação e vida, entendi que a reunião deles forma uma história única, que encerra seu próprio destino.

SOBRE A AUTORA

Beatriz Bracher nasceu em São Paulo, em 1961. Formada em Letras, foi uma das editoras da revista de literatura e filosofia *34 Letras*, entre 1988 e 1991, e também uma das fundadoras da Editora 34, onde trabalhou de 1992 a 2000. Em 2002 publicou, pela editora 7 Letras, *Azul e dura*, seu primeiro romance (reeditado pela Editora 34 em 2010), seguido de *Não falei* (2004), *Antonio* (2007) e o livro de contos *Meu amor* (2009), todos pela Editora 34. Tem textos publicados em várias antologias e revistas culturais. Em 1994 escreveu com Sérgio Bianchi o argumento do filme *Cronicamente inviável* (2000) e, mais recentemente, com o mesmo diretor, o roteiro do longa-metragem *Os inquilinos* (2009), prêmio de melhor roteiro no Festival do Rio 2009. O romance *Antonio* obteve em 2008 o Prêmio Jabuti (3º lugar), o Prêmio Portugal Telecom (2º lugar) e foi finalista do Prêmio São Paulo de Literatura. *Meu amor* recebeu o Prêmio Clarice Lispector, da Fundação Biblioteca Nacional, como melhor livro de contos de 2009. Atualmente escreve o roteiro para o próximo filme do diretor Karim Aïnouz, ainda sem título.

Este livro foi composto em Minion
pela Bracher & Malta, com CTP
da Forma Certa e impressão da
Bartira Gráfica e Editora em
papel Pólen Soft 80 g/m^2 da Cia.
Suzano de Papel e Celulose para a
Editora 34, em julho de 2010.